KB120131

벗은 몸

벗은 몸

주원규 장편소설

뜰임

차례

1

움직임이 느껴지지 않았다. 감정이 보이지 않는다고 말하는 게 더 편할 것이다.

민태의 시선이 그 움직이지 않는 부동의 존재에게서 떨어지는 순간, 그는 무릎을 꿇었다. 몸은 민태의 의지와 상관없이 움직였다. 그가 그토록 유지하고 싶었던 평정심 같은 것, 그 어떤 일말의 디딤대가 사라진 상태. 민태는 그렇게 무릎을 꿇었다.

시선을 돌리자 민태의 눈엔 세상 환하게 웃고 있는 승혜의 흑백 사진이 보였다. 제법 큰 치수의 승혜의 웃는 모습이 민태에게는 낯설기만 했다. 순간, 맥락에 맞지 않는 의문이 떠올랐다.

'저 사진이 언제 찍은 사진이지?'
'누굴 보며 저렇게 환히 웃었지?'

질문은 부질없는 메아리가 되어 민태의 마음 깊은 곳으로 와 박혔다. 아무리 의문을 소명해도 이제 승혜는 돌아오지 않을 것이기 때문이다. 민태의 아내는 그렇게 흑백 사진 속 의문의 음영처럼 돌아오지 않을 강을 건너 버린 것이다.

주위를 둘러봤다. 아무것도, 그 어떤 것도 제대로 눈에 들어오지 않았다. 모든 것이 희미하게 굴절되는 사물로만 보였다. 슬며시 들어오는 커다란 화환, 서글프게 흐느끼는 장모의 울음소리, 망연자실한 표정으로 쓰러지듯 주저앉는 처남의 모습까지. 민태는 흐릿하게 흩뿌려지는 사물의 풍경을 통해 현실을 실감할 수 있었다.

'그렇지. 이곳은 지금 내 아내, 최승혜가 죽은 곳이다.'

이곳은 죽음을 기념하거나 애도하기 위한 곳이 아니다.

기념과 애도는 승혜를 알고 있는 사람들이 이곳을 대하는 상태에 대한 예의가 아니다. 더욱이 민태는 아무것도 생각할 수가 없었다. 단지 지나치게 가혹하다는 생각, 억울함만이 민태의 머리와 마음을 엉망으로 난도질해 버렸다.

잠시 후 보험 회사 직원과 아내가 다니던 학교의 교장 선생과 그 일행이 찾아왔을 때도 민태는 시선을 제대로 둘 곳을 찾지 못했다. 흔들리는 시선만큼이나 이 상황을 어떻게 수습해야 할지 몰라 난감했다. 수습한다니. 그런 식의 전제조차 사치스럽지만 주변 사람들이 민태에게 요구하는 깊이와 폭은 일정했다.

"먼저 어떤 위로의 말을 건네야 할지 모르겠습니다만."

서류를 내미는 보험 회사 직원은 진심으로 당황했다. 곧이어 직원의 등 너머로 두 명의 남녀가 추가로 등장했다. 그들이 내민 명함을 민태는 마주하고 싶지 않았다.

"서울 남부경찰서 여청계 계장 한은수입니다. 먼저…. 사고 경위에 대한 정확한 확인이 필요해서요."

민태는 명함을 받은 애꿎은 손만 내려다보고 있었다. 가혹하다고 말할 수밖에 없는 운명의 시간이 다가온 걸까, 하는 아쉬움과 공포가 불어닥쳤다.

누구도 민태를 탓하지 않을 것이다. 또한 민태와 승혜 사이에 낳은 큰아들 승민을 탓할 수도 없을 것이다. 누구도 이 순간 당신의 잘못이라고 말할 수 없을 것이다. 심지어 승혜의 유명을 달리하게 한 덤프트럭 운전자마저도.

"먼저 확인 하나 하죠. 아내분 되시는 최승혜 씨가 오늘 오후 5시 20분에 교통사고로 사망하셨습니다. 맞죠?"

"네."

"그리고⋯. 최승혜 씨의 사고 원인은 8차선 도로 위로 무단 횡단하신 결과 때문에 빚어진 참사였습니다. 그것도 인정하시죠?"

"네."

"최승혜 씨가 8차선 차도 위로 갑자기 뛰어들게 된 결정적 이유가 현재 열아홉 살인 큰아들 정승민 군이 먼저 차도 위에 무단으로 뛰어들었기 때문으로 보이는데 전해 들으셨나요?"

"제가…."

"네?"

"그 현장에 있었습니다."

"아. 현장에 계셨다고요?"

"네."

"…."

"현장에서 봤어요. 처음부터 끝까지."

"정승민 군이 왜 차도로 뛰어든 거죠?"

40대 초반으로 보이는 여성 경찰 계장은 민태를 자극하지 않기 위해 최대한 목소리를 낮추고 조심스럽게 질문했다. 그 질문은 당연했다. 열아홉 살이나 되는 큰아들 승민이 갑자기 강남대로 사거리를, 그것도 건널목이 아닌 곳에 마구잡이로 뛰어든 행동 동기는 일반인의 상식으로는 이해하기 어려운 상황이었으니까. 누가 봐도 이해할 수 없는 상황이었다. 하지만 그 이해할 수 없는 상황은 민태와 승혜에겐 일상이었다. 쌓이고 쌓인 일상이 결국 상상하고 싶지 않은 최악의 비극으로 결론지어졌다.

2

"그만해."

"내가 왜 그만둬야 하는데!"

눈빛을 보면 알 수 있다. 앞을 가로막고 선 이가 어떤 분노의 여백을 끌어안고 있는지, 그리고 얼마나 그 여백이 깊고 아득한지. 민태는 이미 겁에 질려 쓰러져 있는 승민을 돌보기보다는 맹수처럼 승민에게 덤벼들려고 흥분해 있는 강민을 막는 데 온 신경을 집중해야 했다.

"형이야! 형이라고!"

"씨발. 형은 무슨 형. 저 자폐 병신 새끼가 우리 엄마 잡아먹은 건 생각 안 해?"

"누가 엄마를 잡아먹었다고 그래?"

"아빠!"

"…"

"아빠도 현장에 있었잖아. 똑같이 거기 있었잖아."

"…."

"다 본 거잖아. 처음부터 끝까지 다 봤잖아. 그런데 왜 딴소리야?"

생각하고 싶지 않은 건 미치도록 기억에서 지워지지 않는 모순을 달고 다니는 것 같았다. 민태는 자신의 영혼이 급격히 황폐해지는 걸 느꼈다. 승민의 동생이자 민태와 죽은 아내 승혜의 막내아들 강민이 잔뜩 핏대 올려 소리친 그대로 민태의 기억은 강남역 사거리의 8차선 도로 위를 소환시켰다.

사정없이 클랙슨이 울려 대던 8차선 도로 한복판에 승민은 홀로 서 있었다. 차선과 차선 사이에 교묘히 걸쳐 있던 승민을 향해 수많은 차량이 경고와 야유의 클랙슨을 울리며 스쳐 지나갔다. 그리고 바로 그 옆에 피투성이가 되어 쓰러진 승민의 엄마 최승혜가 있었고, 앞 범퍼의 헤드라이트 한쪽이 산산이 부서지고 부품 파편이 아스팔트 바닥 곳곳에 흩뿌려져 있는 트럭이, 그 트럭에서 내려 안절부절못하며 구급차와 경찰차가 오길 기다리는 운전사의 난처함이 스케치되었다. 하지만 민태 역시 승민을 향해 주먹질한 강민을 만류하는 이 상황에도 오직 단 하나, 승민의 무표정이 뇌리에서 지워지지 않았다.

언제나 봐 오던 익숙한 모습이긴 했다. 승민은 표정이 없었다. 울고, 웃고, 겸연쩍고, 쑥스럽거나 설레고, 다소 흥분하거나 우울해하는, 흔히 쉽게 말하는 정상적인 사람들이 주고받는 눈빛과 말을 통해 전달되는 표정을 승민은 갖고 있지 않았다. 의외의 장소를 못 박듯 바라보는 눈빛에 굳게 다문 입술, 언제라도 허공을 향해 휘두를 기세로 단단히 뭉쳐 있는 주먹 쥔 두 손이 승민의 표정을 설명할 수 있는 전부였다.

8차선 도로 위에서도 승민은 그 표정 그대로였다. 바로 옆에 자신을 낳아 준 엄마 승혜가 죽어 가고 있음에도 승민은 눈길 한 번 주지 않았다. 민태는 부질없는 기대라는 걸 알면서도 한 번만, 단 한 번만 승민이 바로 옆에 쓰러져 있는 엄마를 봐 주길 바랐다. 동물의 세계라 해도 자식이나 어미의 안전을 돌보는 게 본능이 아니던가. 더욱이 지금 승혜는 언제, 어디로 튀어 나갈지 모르는 아들을 구하려고 차도에 뛰어들었다가 예기치 않은 비극을 맞이한 게 아닌가. 자신을 위해 희생한 존재가 피를 흘리고 쓰러져 있다면, 그렇다면 한 번이라도 눈길을 줘야 하는 게 아닌가, 하는 좌절과 원망 섞인 분노가 민태의 온몸을 불길처럼 휘감았다. 더욱 민태를 힘들게 한 건 자신은 이 분노와 원망을 쏟아내선 안 된다는 본능적 금기 앞에 늘 서 있어야 한다는 점이었다. 어떤 때는 민태 앞에서 분노를 표출하며 마음껏 괴로워하는 아들 강민이 부러웠다. 형을 원망하며 욕을 퍼부을 수 있는 강민의 분노가 부러웠다.

두 살 터울의 동생 강민에게 얼굴을 얻어맞았지만, 그래서 장례식 바닥에 주저앉아 일어날 생각을 못하며 두 손을 휘저어 댔지만, 그 상황에서도 승민은 다른 곳을 보고 있었다. 얻어맞아도 동생에게 반격할 대응력을 승민은 갖지 못했다.

제법 모여든 조문객을 받으러 민태는 강민의 두 팔을 억지로 붙잡았다. 여차하면 강민은 장례식 바닥에 쓰러진 뒤에도 재빨리 일어날 생각조차 않는 형을 더 두들겨 팰 심사로 가득해 보였다.

"정신 차려. 강민. 여긴 장례식장이야."

"그래서? 그래서 뭐?"

"네 엄마야! 하나뿐인 엄마."

"그래서! 그래서!"

"편하게 보내 드려야지! 그러니, 제발 정신 차려."

"아빠. 아빠야말로 정신 차려."

"뭐?"

"난 저 병신 새끼가 자기 때문에 엄마가 죽었다는 걸 꼭 알았으면 좋겠어. 사람 새끼라면 지금 우리한테 무슨 일이 벌어졌는지 알아먹었으면 좋겠다고!"

"입 닥치라고!"

"…."

"승민이는 아프잖아."

"씨발…."

"승민이는 우리와 다르잖아!"

"병신인 게 무슨 자랑이야? 아프면 뭐, 다 용서돼? 용서되 냐고!"

용서란 말을 꺼내는 순간 강민은 자신의 두 팔을 붙잡은 아빠의 손길을 거칠게 뿌리쳤다. 강민이 저항하는 순간, 민 태의 몸이 심하게 휘청거렸다. 그런 민태에게 교회 식구가 다가와 그를 부축했다. 그리고 작은 소리로 기도하기 시작했다. 강민은 이 모든 게 진저리가 난다는 표정과 뜻을 알수 없는 중얼거림을 내뱉으며 장례식장을 벗어났다. 강민이 장례식장을 떠나자 기다렸다는 듯 승민이 일어섰다. 그리고 구석에 자리를 잡고 앉아 바닥에 무언가를 쓰기 시작했다. 어떤 의사 표현을 하는지 전혀 짐작할 수 없는, 승민혼자만의 세계에 빠졌을 때 나오는 몸짓이었다.

강민이 떠나고 난 뒤 민태는 어지러운 정신을 억지로 가다듬어야 했다. 자신을 향해 허망하고 안타까운 표정으로다가오는 교인들을 맞이해야 했기 때문이다. 민태가 재직중인 교회의 교인들이 너나 할 것 없이 빠른 속도로 장례식장에 모여들었다. 그들은 모두 선한 얼굴을 하고 민태와 영정 사진 속 승혜를 바라보며 오열하거나 흐느꼈다. 이 흐느낌을 통해 그들은 서로를 위로했다. 그리고 그 위로가 민태에게도 전달되길 간절히 바라고 기도했다.

하지만 이 순간 민태의 시선엔 오랫동안 구석 자리에 앉아 있는 승민만이 와 박혔다. 승민은 여전히 바닥에 무언가를 쓰고 있었다. 녀석은 장례식장을 가득 메운 사람들의 흐느낌 따위에 전혀 공감하지 않았다. 민태는 승민의 그 모습을 아내 승혜를 떠나보내는 과정 내내 잊지 못했다. 쉽게 잊을 수가 없는, 지워지지 않는 낙인과도 같은 무표정이 민태의 머릿속에서 사라지지 않았다.

3

당회장실의 분위기는 민태에게 언제나 어색하고 어려웠다. 섬겨야 할 분으로 담임목사를 이해해야 하는 것도, 당회장이란 호칭도 민태는 받아들이기 어려웠다. 하지만 아내 승혜를 떠나보낸 지 채 일주일도 지나지 않은 상황에서 민태의 당회장이자 정서적 지배자인 담임목사의 호출은 오히려 이 당회장실의 고압적인 분위기를 그리운 것으로 만들었다. 어쩌면 다시 이곳을 찾아올 수 없을 거란 두려움이 파고드는 순간이었기 때문이다.

교인 규모가 천여 명 가까이 되는, 명실상부한 대형 교회라고 말하기는 모호하고, 그렇다고 중소형 교회 규모라고 말하기엔 무리가 있는 민태의 소속 교회 담임목사인 서군석은 민태를 어린 시절부터 봐 온 아버지 같은 분이었다. 은퇴를 앞둔 서 목사는 민태에겐 늘 가까우면서도 멀게 느껴지는 존재였다. 유년과 청소년 시절을 보낸 교회에서 부교역자로 활동한 지 벌써 20년 가까운 세월이 흘렀다. 이 교회의 부목사였던 서 목사는 담임목사 겸 당회장으로 올라섰고, 몇 년 뒤 원로목사 등극이 초읽기에 들어간 상태였다.

민태는 한동안 말문을 열지 못하고 뜸을 들이는 서 목사를 이해하려고 노력했다. 아니, 굳이 노력이랄 것도 없었다. 부교역자의 아내가 불의의 교통사고로 유명을 달리한 상황을 어떤 말로 위로할 수 있겠는가. 그 난처함은 가족 당사자인 민태에겐 견딜 수 없는 충격이었다. 어떤 말과 어떤 논리로 이 상황을 설명할 수 있겠는가. 민태는 자신에게 천형의 업 또는 천상의 기쁨과 위로로 파고든 종교가 지금처럼 두렵고 무력하게 느껴진 적이 없었다. 하물며 제삼자라 할 수밖에 없는 서 목사의 경우라면 더욱 어색하고 난처할 것이다.

하지만 서 목사의 망설임에는 민태가 예상한 반응 외에 또 다른 용건이 숨겨져 있었다. 숨긴 것을 꺼내야 할 때, 찾아오는 난처함이 서 목사가 말을 망설인 진짜 이유였다. 잠시 후 말문을 연 서 목사는 일단 사무적으로 오갈 수 있는 위로의 말을 제법 길게 이어 갔다. 길고 반복되는 서 목사의 질문에 대답하면서 민태는 자신을 일주일 만에 호출한 진짜 다른 이유가 있다는 걸 점점 확신하게 되었다. 그 확신은 민태에게 자연스러운 불안함으로 스며들었다. 불안해하던 민태가 먼저 말을 돌리듯 주제를 선회하는 서 목사에게 도리어 질문했다.

"혹시…. 목사님. 질문 하나 해도 되겠습니까?"

"응. 정 목사. 말해."

"제가 듣기로는 시설에서 긴급위원회가 있었다고 들었습니다."

"맞아. 본의 아니게 내가 그 긴급위원회의를 주관하게 되었지."

시설은 민태가 부교역자로 있는 교회와 지방 자치 단체

가 협동으로 출자해 설립한 자폐와 발달 장애인 자립 센터다. 오십여 명 정도가 함께 모여 생활하며 일정한 수익을 낼 수 있는 생산 활동까지 병행하는 곳이었다. 승민은 열아홉 살이 되던 해, 자립 센터에 입소했다. 2년 가까이 그곳에서 생활하다가 주말을 맞이해 센터를 나와 외출하는 과정에서 참사가 일어난 것이다.

사고를 당한 뒤 승민은 집에 있었다. 민태는 일주일이 지난 지금 승민을 다시 센터로 복귀시킬 마음의 준비를 하고 있었다. 그런데 어제, 입소한 장애인들의 부모들이 긴급 위원회 소집을 요청했다는 말을 전해 들었다. 그리고 다음 날 긴급위원회를 주관한 서 목사가 자신을 부르다니. 민태의 불안한 마음은 점점 더 현실이 되어 갔다.

"목사님."
"응."
"어제 회의, 주제가 뭐였나요?"
"그게 말이지."

서 목사는 난처한 표정을 지으면서도 더는 피하며 에둘

러 얘기해선 안 된다는 마음의 결심을 세운 듯 보였다. 민태는 서 목사의 말을 기다렸고, 서 목사가 민태를 향해 더 가까이 앉기 위해 의자를 끌어당긴 뒤 말을 이었다.

"어렵겠지만 받아들여야겠어. 정 목사."

"뭘…. 말입니까?"

"어제…. 부모들과 의논했는데…. 결론부터 말하면 승민이를 더는 우리 센터가 받아 주기 어려울 것 같아."

"이유가 뭐죠?"

오히려 민태의 곧바로 이어진 질문을 받은 서 목사가 당황스러운 표정을 지었다. 민태는 서 목사의 속내를 읽을 수 있었다. 어느 정도 짐작하지 않았느냐는 당황스러움이 서 목사의 표정에 고스란히 묻어 있었다. 하지만 그래도 민태는 확인하고 싶었다. 왜 자폐 증세를 앓고 있는 장애인인 아들 승민이 자폐 아이를 위한 시설에 입소하지 못하는지를.

"우리 자립 센터, 조금 독특해. 자네도 알다시피 말이야."

"이해하기가 어렵습니다. 승민이의 증상을 모르는 것도 아니었는데요. 더구나 센터에서 일어난 사고도 아닙니다."

"이번 사건만이 아니야. 승민이는 자폐를 앓는 다른 아이들보다 사회성이 떨어져 더 어울리기가 어려웠어."

"…."

"게다가 이런 일까지 생기니 시설 이용자 부모들이 극도로 무서워하고 있어."

"누굴요? 승민이를요?"

"사고는 사고지 않았는가."

"그래서…. 승민이가 더는 자립 센터에 있을 수 없단 말입니까?"

"내가 충남이나 대전 근처의 병원을 알아보지. 장기로 있을 수 있는 곳 말이야."

"목사님. 죄송하지만 지금 말씀하시는 병원은 정신 병원이잖습니까."

"그게 왜? 잘못됐나?"

"승민이는 정신병을 앓는 게 아닙니다. 장애인이라고요. 그럼, 장애인이 지낼 수 있는 시설에서 지내야죠."

"그래…. 알겠어. 정 목사 마음은 충분히 알겠는데, 승민이를 받아 줄 시설이 이제 와서 과연 있을지 의문이라서….
더구나 사모까지 없는 상황인데 집에서 돌볼 수 있는 환경
은 더더욱 아니지 않은가."

"…."

"어쨌든 요점은 승민이를 더는 우리 교회가 운영하는 센
터에 받아들이기 어렵다는 결론이야."

요점을 얘기할 때는 말의 군더더기가 없었다. 잘라 말하
듯 말하는 게 서 목사의 특기였다. 간명하고 분명한 설교를
지향하는 그의 스타일이 평소 대화에도 그대로 묻어난 것
인데, 민태는 이 순간 서 목사에게서 이런 말을 듣는 게 마
치 인공지능 기계가 퇴거 처분 통지서를 낭독하는 것처럼
느껴졌다. 기계적인 비정함이었다.

하지만 그 비정함의 여진은 여기서 그친 게 아니었다. 이
제 승민을 어디, 어느 시설로 데리고 가야 할지 눈앞이 캄
캄해진 상황인 민태에게 서 목사는 자신의 남은 요점을 통
보하고 싶어 몸이 달아 있었다.

"그리고 말이야. 정 목사."

"네."

"한 가지 더 말해 줘야 할 게 있어."

"승민이에 대한 소식이 더 남았습니까?"

"비슷한 맥락이긴 한데…. 이번에는 자네의 거취에 관한
문제야."

"제 거취요? 거취라면 어떤 걸 말씀하시는 겁니까?"

"우리 교회…. 성도들이 그 일주일 동안 큰 시험에 빠져
들었어."

"시험이요?"

"부목사인 자네, 그리고 사모가 오랫동안 병을 앓은 것도
아니고, 그렇다고 뭔가 의미가 있는 일로 유명을 달리한 것
도 아니고 말이지."

"…."

"대다수 교인이 시험에 빠졌어. 어떻게 목사 사모가 아들
때문에 죽을 수 있는지, 이런 말도 안 되는 사고 현장에 하
나님은 과연 어디에 계셨는지…. 민감한 얘기지만 혹시 자
네와 자네 가족의 신앙에 어떤 치명적인 결함이 있었던 건
아닌지에 대한 혼란에 교인들의 신앙이 근간부터 흔들리고
있다고 하더군."

서 목사가 진짜 하고 싶은 말은 지금부터라는 생각이 들자 승민의 입소 문제는 오히려 민태의 마음에서 밀려나 버렸다. 섬뜩한 억울함과 원망이 치솟았다. 아내를 떠나보낸 지 채 일주일도 지나지 않은 상황이다. 이 상황에서 어떻게 이런 말이 나올 수 있단 말인가. 하지만 야속하게도 서 목사는 때론 아버지가 아들을 일방적으로 훈계하듯 큰 충격을 받은 민태의 상태 여부와 상관없이 자신의 말을 이어 나갔다.

"내가 이런 말을 할 수 있는 건, 아니지. 내가 이런 식의 악역을 감당해야 하는 건 정 목사, 자네가 충분히 이해해 줘야 해. 내가 아니면 누가 자네에게 이런 말을 하겠나. 난 현재 우리 교회가 신앙의 위기에 빠졌다는 사실을 알려 줘야 할 의무가 있단 말이지."

"…."

"더욱이 지금은 팬데믹 상황이야. 전염병 때문에 출석 교인이 거의 오분지 일로 그 규모가 줄어들었어. 이런 상황에서 자네 일까지 겹치다 보니 교회가 수습하기 어려운 우울감에 빠져들었단 말이지. 이해할 수 있지 않은가, 내 말을?"

"이해하고, 하지 않고는 제가 결정하겠습니다. 목사님."

"그 말, 언제나 순종적이던 자네에게서 나온 말이라니. 당황스럽군."

"저도 마찬가지입니다. 목사님께서 이 상황에 이런 말씀을 하실 줄 몰랐거든요."

"난 그게 오히려 당황스러워. 자네가 책임 있는 성직자라면 이런 말도 안 되는 비극에 대해 스스로 결단하고 책임지는 자세를 먼저 보여 줘야 하는 거 아닌가?"

"책임지는 자세요? 대체 제가 뭘 책임져야 한다는 말입니까?"

"그걸 몰라서 묻나? 교회와 교인들에게 큰 물의를 일으킨 상황에 대해 책임지는 자세를 보여야지."

"이건 사고입니다. 전 그 사고의 가장 큰 슬픔과 충격을 받은 피해자고요."

"피해자이기 전에 자넨 성직자야."

"…"

서 목사가 흥분을 가라앉히고 테이블 위에 놓인 물을 마셨다. 이미 답은 나온 것이었다. 하지만 민태는 자신의 입으로 그 답을 말하고 싶지 않았다. 서 목사에게서 답이 나오길 기다렸다. 잔에 반쯤 담겨 찰랑거리던 물을 모두 마신 서 목사가 민태에게 이번에도 잔인하고 침착한 비수를 담아 통보했다.

"더는 우리 교회에 남지 말아 주게."

"교회를 그만두란 말씀입니까?"

"…"

"지금, 해고 통보를 하시는 건가요?"

"이봐. 정 목사."

"네."

"교회는 직장이 아니야. 성스러운 사역지라고."

"그래서요? 제가 말을 잘못하기라도 했습니까?"

"방금 자네가 쓴 그 말, 해고 통보란 말은 잘못되었어."

"그럼요? 그럼, 뭐라고 이 상황을 설명할 수 있단 말입니까?"

"…"

"해고가 아니면 뭔지…. 전 모르겠습니다."

"…"

"모르겠다고요."

4

"전화하셨습니까?"

"…."

"이 번호로 전화가 와서요."

당회장실에서 나온 민태가 주차장 앞에 멈춰 섰을 때였
다. 습관적으로 주머니에서 스마트폰을 꺼내 들었다. 일상
적으로 스마트폰을 꺼내 확인하는 건 현대인의 본능과 같
은 것이었지만 통화 내역에 찍힌 부재중 통화는 민태를 다
소 당황스럽게 했다.

부재중 통화. 동일한 번호로 수십 통이 찍혀 있었다. 중요
한 건 모르는 번호라는 사실이었다.

누구의 전화일까, 왜 이 시간에 이런 식의 빈번한 전화를 걸어야만 했던 걸까, 알 수 없는 의문이 혼란스럽게 오갔다. 단순한 답답함이 아니었다. 더욱이 지금과 같은 상황이라면, 청춘의 시절과 인생의 대부분을 할애했던 교회로부터 버림받았다는 생각이 지배하는 중이라면, 결코 모르는 사람의 전화 따윈 받지 않았을 것이다. 하지만 수십 통이 넘는 전화는 민태에게 본능적으로 전화를 걸게 만들기에 충분했다. 반사적이든, 습관적이든 그것은 거의 조건 반사에 가까운 것이었다.

통화 속 상대는 민태가 거의 통화를 포기하려고 한 시점에 반응했다. 낮게 깔리는 중저음의 목소리, 말의 끝을 흐리고 웅얼거리는 듯한 목소리가 쉽게 파악하기 어려운 느낌을 주었다.

"더 반응 없으시면…. 끊겠습니다."

"정민태 목사…. 나요."

"누구시죠?"

"나, 기억하겠죠? 기억해 줄 거라 믿어요."

"글쎄 누구신지…. 제가 기억하는 번호가 아니라서요."

"기억하기 어렵겠지. 하지만 우리는 분명 만난 적이 있을 거요. 아니, 오래전부터 알고 있다고 말할 수 있겠지."

"…."

"나, 유형식이요."

"유…. 형식, 유형식 목사님?"

"그렇소. 이제 기억하오?"

"네…. 기억합니다. 유 목사님. 잘 지내셨어요?"

"잘 지냈다고 말하려니 좀 어색하긴 한데, 여하튼 지냈어요. 그럭저럭."

"네…. 그런데, 무슨 일로?"

"갑자기 전화를 걸어 당황스럽다는 거 잘 알아요. 그런데 곧 만나야 할 것 같아요…."

"만난다고요?"

"네."

"언제…. 설마 지금 만나는 걸 말씀하시는 건가요?"

"그렇소. 바로 지금."

짧게 끊어지는 상대의 단문 말투가 어떤 의미에선 더 무겁게 다가왔다. 순간, 민태는 주위를 둘러봤다. 교회에서 지급해 준 봉고차에 오르길 망설이는 자신을 누군가 지켜보는 시선을 의식했기 때문이다. 그 시선은 이내 실체를 드러냈다. 주차장 입구에 누군가의 부축을 받으며 서 있는 노인으로 보이는 한 남자가 내내 민태를 바라보고 있었다.

5

오전 9시 30분이란 시간대가 애매해서인지 교회 근처 카페의 분위기는 조금 어수선했다. 카페 문을 열긴 했지만 제대로 메뉴를 준비할 여력이 없을 정도로 카페 주인으로 보이는 여자는 분주하게 움직였다. 그래서인지 모닝커피와 디카페인 종류의 음료를 주문했지만 유형식과 정민태가 마주 보고 앉은 자리에 놓여 있는 건 아무것도 없었다.

정민태는 유형식을 전혀 의외의 눈길로 바라봤다. 부목사로 재임해 일하던 때, 대규모 집회를 인도했을 때, 유형식을 만난 것을 제외하곤 그를 개인적으로 만난 일이 전혀 없었기에 생소하기만 했다. 실제로 얼굴을 본 시기도 십몇 년 전이었을뿐더러 그때 민태는 갓 교역자 생활을 시작한 부목사 신분이었기에 유형식에게 말을 걸거나 사적인 대화를 나눌 수 없었다.

물론 민태가 유형식을 모를 리는 없다. 자폐와 발달 장애를 앓는 장애인들을 위한 자립 센터를 전국적으로 설립하고 장애인의 인식 개선과 실질적 법안 추진을 위해 비례대표 국회의원까지 역임했던 그는 종교계를 비롯해 언론에서도 주목하는 공인이었다. 거기에 성직자로서의 사명도 적극적으로 감당하고 있어 전국의 교회를 오가면서 집회와 목회자 모임을 지속하고 있는 활동 역시 다수의 후배 목사들에게 의미 있는 본보기가 되고 있었다.

나이 칠십을 바라보는 연령대였지만 민태가 기억하는 유형식은 여전히 한국 개신교계에서 역동적으로 활동하는, 상식이 통하는 모범적인 목회자였다.

그런데 지금 난데없이 공인을 마주한 민태는 알 수 없는 불길함과 모호한 느낌을 받았다. 그의 표정이 많은 걸 말해 주었다. 민태가 언뜻 보기에도 유형식은 확실히 초췌하다고 느낄 정도로 병색이 역력했다. 다소 초조한 그의 눈빛도 깊은 슬픔, 아쉬움과 함께 뒤섞여 퇴적되어 있다는 실감이 민태의 정서를 압도했다. 어떻게 보면 생면부지의 인물을 처음 마주한 자리라고 할 수 있는데, 그런 첫 만남의 특성과는 다른 불안함이 민태 안에서 너울 쳤다.

잠시의 침묵을 깨고 유형식과 동행한, 자신을 김지호라고 소개한 남자가 다소 건조하게 민태를 찾아온 용건을 밝혔다.

"유 목사님께서 시급하게 제안할 게 있으셔서 뵙자고 했습니다."

"저한테요? 제가 누군지 알고 찾아오신 겁니까?"

"물론이죠. 최근…. 너무 힘든 일을 감당하셨죠. 그리고…."

"…?"

가슴 아픈 정곡을 찌른 그 사실을 유형식이 대신 답했다.

"평생을 함께한 교회로부터도 버림받았죠."

"그걸…. 어떻게."

"…."

"외람되지만, 어디까지 알고 계신 겁니까? 전 그 사실을 방금 통보받았습니다."

한 번 입을 뗀 유형식 목사는 거침이 없었다. 내내 그의 얼굴과 몸을 휘감는 질환의 기운과 다르게 그의 안광은 섬뜩할 정도의 선명함으로 이글거렸다.

"사실 오래전부터 정민태 목사를 지켜봐 왔습니다."

"저를요? 무슨 이유로…?"

"자폐가 있는 아이를 시설에 맡기지 않고 교회 공동체를 통해 어떻게든 동화시키려고 발버둥 쳐 온 모습, 잊지 않고 있습니다."

"…."

"더욱이 정 목사는 모르거나 애써 외면했던 시선도 가슴 아프지만 분명하게 지켜봐 왔고요."

"제가 외면한 게…. 뭐죠?"

"정 목사와 이제는 없는 승혜 사모, 그리고 승민이를 바라보는 교회 사람들의 설명할 수 없는 혐오에 대해서요."

유형식은 생각보다 민태에 대해 많은 걸 알고 있었다. 민태와 그 가족의 변화상을 꾸준히 지켜봐 왔다고 볼 수 있었다. 하지만 지금의 민태는 그 사실이 불편하거나 의문을 가질 겨를이 없었다. 유형식의 비수처럼 파고드는, 하지만 이상하게 피하고 싶진 않은 말들이 민태의 마음을 사로잡았기 때문이다.

"정 목사. 정 목사는 외사랑에 사로잡혀 있던 거요."
"외사랑이라고요?"
"이 교회 사람들은 일정 수준의 교양을 갖고 이웃 사랑을 실천하고자 노력하지만 결국은 자기네들이 불편한 건 절대 참지 못하는 위선의 독기만 키우는 인종들이오. 물론 그 위선의 최고봉엔 담임목사의 뒤틀린 엘리트주의가 자리 잡았고요."
"…"
"지금까지는 사모가 살아 있어서 정 목사 모르게 교회 사람들의 혐오를 가라앉혀 온 것뿐이었소. 외부 활동에 바쁜

정 목사는 전혀 알지 못하는 보이지 않는 편견과 혐오를 가라앉히기 위해 발버둥 치다 고통 가운데 죽어간 게 바로 사모란 말이요. 알아듣겠소?"

갑자기 질문을 빙자한 열변이 유형식의 노기 가득한 눈빛을 통해 그대로 전달되었다. 정민태는 고개를 가로저으며 이해할 수 없다는 반응으로 되물었다. 그건 일종의 저항이나 반발심 같은 것이었다.

"그건…. 목사님의 지나친 비약인 것 같습니다. 우리 교회…. 그리고 교인들, 저희 가족으로 인해 힘들고 불편했겠지만 사랑의 마음으로 우리 승민이를 돌봐 줬습니다."
"그 결과가 기다렸다는 듯 사모가 죽은 뒤 정 목사, 당신을 내쫓은 거란 사실을 왜 외면하죠?"
"그건….'
"교회는 늘 입버릇처럼 말하죠. 이 일은 사명이고 성직이기에 해고란 단어는 성립하지 않는다고. 그러니 교회는 언제든 사람을 자르고 인권을 짓밟기에 최적화된 곳이란 말입니다. 지나칠 정도로요."

"…"

"정 목사가 아무리 순진한 양의 얼굴을 하고 있어도 추악한 위선의 진실은 변하지 않아요. 정 목사가 몸담은 이 강남 언저리에 있는 교회의 노블레스 오블리주가 얼마나 가증스러운지. 그 가증스러운 진실은 변하지 않는단 말이요."

유형식은 솔직했다. 첫 만남에서는 상대를 배려한다는 명목하에 더욱 완곡하게 표현하는 게 일반적인 대화법이겠지만 유형식은 아마 그런 식의 접근 자체도 위선으로 이해하는 듯 보였다.

다시 잠시의 침묵이 흘렀다. 민태는 자리를 박차고 나가고 싶었지만 그럴 수 없었다. 어색한 침묵이 계속되었지만 무슨 일인지 꾸역꾸역 그 침묵을 감수해 나갔다. 진짜 하고 싶은 이야기, 본론이 유형식에게 남아 있을 거란 알 수 없는 확신이 그의 마음을 사로잡았다.

민태의 짐작이 맞았다. 카페에 자리를 잡고 앉은 지 30여 분 만에 커피가 나왔다. 하지만 유형식은 한 모금도 입에 대지 않았다. 여전히 민태를 바라보고 있었다. 민태는 유형식의 입에서 어떤 말이 나오길 기다렸다. 하지만 말은 쉽게 나오지 않았고, 예상외로 유형식의 옆에 앉은 김지호가 말문을 열었다. 한 장의 명함을 테이블 위에 올려놓으며.

"기사나 방송에서 보셨을 줄 압니다."

민태는 언뜻 스치는 느낌으로 명함 위에 적힌 명칭을 살폈다. 명함 속 내용은 담백했다. 군더더기 없이 상호로 보이는 명칭 하나가 적혀 있었다.

선한 사람들의 공동체

민태는 순간, 그 명칭을 기억해 냈다. 승민이와 같은 자폐 장애인과 발달 장애인의 경제적 자립을 도모하는 공동체를 표방한다는 곳이었다. 유형식이 물었다.

"알고 있죠? 이곳."
"네. 목사님께서 이곳의 관리자라는 것도 잘 알고 있습니다."
"우린…. 적어도 위선자는 아닙니다."

"그게 무슨 말씀….."

"정 목사의 아들, 승민이를 어처구니없는 일로 쫓아내고
도 자신들은 사회적 약자를 돌보는 일에 앞장선다고 선한
척하는 위선자가 아니란 말입니다."

민태가 절로 얼굴을 붉힐 때, 김지호가 말을 이었다.

"이곳으로 정민태 목사님을 모시고 싶은 것. 이게 바로
저희가 오늘 목사님을 뵙고자 한 이유입니다."

"무슨 말씀입니까? 이곳으로요?"

"어차피 아드님 거취 문제도 있고, 어디든 자리를 잡아야
하지 않겠습니까."

"그래서…. 저보고 이곳, 선한 사람들의 공동체에 합류하
란 말씀입니까?"

김지호의 건조하고 사무적인 말 자체가 탐탁지 않았는
지, 유형식이 김지호의 말을 가로막고 한마디 힘주어 말했
다.

"그냥 합류하라는 말이 아니네."

"네?"

"앞으로 이 공동체를 부탁하려고 하네. 정 목사."

6

집으로 돌아왔을 때, 그러니까 현관문을 여는 그 순간부터 민태는 현실을 받아들여야 했다. 흡사 폭탄을 맞은 듯, 폐허로 느껴질 정도로 엉망이 되어 버린 안방과 거실. 폐허의 살벌함은 방이라 해도 예외가 아니었다. 옷장이 모두 열려 있고 책상 위에 가지런히 정돈되어 있던 책과 서류들이 죄다 바닥에 흩뿌려져 있었다.

아파트 안으로 들어오자마자 엉망이 된 내부를 발견한 민태가 서둘러 화장실부터 빠른 걸음으로 들어갔다. 물소리가 들렸고, 욕조의 물은 이미 흘러넘치고 있었다. 그리고 그 욕조에 커다란 덩치의 성인 아이, 승민이 머리를 박고 있었다. 아마 꽤 오랫동안 이 행동을 반복했던 것으로 보였다. 욕조 속에 머리를 박고 있는 승민은 괴로워했다. 숨은 쉬고 싶어 절박하게 두 손과 발을 비틀고 허우적거렸지만 한사코 욕조에 처박은 머리를 빼진 않았다.

아주 오래된 습관이었다. 아니, 일반적인 의식을 가지고 생활하는 사람이라면 그걸 습관이라 부를 수 있겠지만 자폐 증세를 숙명처럼 안고 태어난 승민에겐 습관이 아니라 본능이었다. 부모에게 뭔가 자기 뜻을 표현하고자 할 때, 하지만 그 표현이 제대로 전달되지 못했다고 느낄 때, 승민은 물속에 머리를 박았다. 계수대, 대야, 욕조, 가리지 않고 물을 담아 머리를 박을 수 있는 도구나 여건만 된다면 그렇게 물속에 머리를 담가 누군가 자신을 구원해 줄 때까지 그 고통의 질식 상태를 벗어나지 않았다. 숨 참기가 어려운 상황이 오면 물속에 머리를 담근 채로 입을 벌려 자맥질하듯 발버둥을 쳤다. 하지만 머리를 물 위로 꺼내는 일은 하지 않았다.

이번에도 승민을 구원해 준 민태에게 그가 요구하는 건 지극히 사소해 보였다. 민태가 볼 땐 그랬다. 승민은 크레파스를 찾고 있었다. 스케치북은 있었지만 크레파스가 보이지 않았다. 승민이 온 집안을 엉망으로 만들며 뭔가를 찾았던 게 바로 크레파스였다. 물속에서 구원받은 승민은 민태에게 필사적으로 중얼거렸다. 암호와도 같은 승민의 반복되는 중얼거림이 무엇을 뜻하는지, 알아들을 수 있는 건 아버지 민태와 지금은 세상에 없는 아내가 유일했다.

엉망이 되어 버린 승민의 방에 들어가 책상 마지막 서랍에 있는 크레파스를 꺼내 준 뒤에야 승민은 안정을 되찾았다. 원하는 게 충족되지 못할 때, 승민은 극도로 불안한 증세를 피력하며 물속에 머리를 처박는 일을 보호자에게 시위하듯 보여 주곤 했다. 민태는 그런 승민을 보며 시간을 확인했다. 교회 당회장실에 들러 담임목사를 만나고, 유형식과의 예기치 않은 만남을 다 합쳐도 집에서 나온 지 채 2시간이 지나지 않았다. 오후가 되면 돌봄 선생님이 오기로 했는데, 승민은 그 틈을 참지 못하고 생과 사의 경계를 가를 만한 위험천만한 일을 벌인 것이다.

거실 바닥에 엎드리고 앉아 크레파스를 손에 쥐고 스케치북 위에 뭔가를 열심히 그려 넣는 승민을 보며 민태는 생각을 정리했다. 유형식의 갑작스러운 제안이 민태를 오히려 갑작스럽지 않게 만들었다.

여전히 거실 한복판에 네 식구가 함께 찍은 가족사진이 걸려 있었다. 당장이라도 아내가 현관 전자키를 열고 들어와 승민을 향해 환하게 웃어 보이며 크레파스를 쥔 승민의 손을 따뜻하게 잡아 줄 것만 같았다.

하지만, 잠깐 눈을 감고 뜰 찰나의 순간, 모든 것이 달라져 버렸다. 민태는 갑자기 가파르고 아찔한 높이로 채워진 절벽 위에 홀로 서 있는 공포에 사로잡혔다. 온몸이 떨리고 아무것도 제대로 생각할 수 없는 압도적 공포는 도리어 한가지 선명한 제안에 주목하게 했다.

처음엔 있을 수 없는 일이라고, 생각해 본 적도 없다며 일축했다. 유형식의 수행 비서라고 자신의 신분을 밝힌 김지호가 건넨 '선한 사람들의 공동체'의 운영자가 되어 달라는 제안. 한 번도 고려해 본 적 없는 일이었다. 하지만 이제 승민을 혼자 돌봐야 하는 상황이다. 교회에서도, 교회가 운영하는 센터에서도 승민과 함께 자신의 직위조차 박탈당한 현실에선 오히려 민태는 이 선택권, 선한 사람들의 공동체에 승민을 데리고 들어가는 것 말고는 선택지가 없다는 걸 인정해야 했다.

아울러 유형식의 초췌한 얼굴에 깊게 드리운 그늘 속에 담긴 절박한 진실을 듣는 순간 민태는 더욱 결심을 굳힐 수밖에 없었다. 이미 그의 의지와 마음은 한 번도 가 보지 않은 선한 사람들의 공동체에 머물러 있는 듯했다.

"솔직히 이렇게 정 목사에게 급작스럽게 부탁한 데는 그만한 이유가 있네."

"그게 뭡니까?"

"최근…. 불행하게도 내 신변에 좋지 않은 일이 생겼어."

"좋지 않은 일이요?"

"더 정확히 말하면 우리 공동체 모두의 비극이지."

"그게…. 뭐죠?"

"나의 건강이 좋지 않아."

"네?"

"그것도 치명적으로."

자신의 건강 상태가 치명적으로 악화했다는 걸 유형식은 지나칠 정도로 깔끔하게 답했다. 하지만 자신의 몸 상태를 고백하는 부분과 다르게 공동체에 대한 염려는 끔찍할 정도로 절박했다.

"인간은 모두 죽지. 그걸 거부하겠다는 건 아니야. 하지만 우리 공동체는 아직도 헤쳐 나갈 일이 많아."

그 말에 김지호가 자신의 역량적 한계도 곁들였다.

"저는 이 일을 할 수 있는 역량에 미치지 못합니다. 다른 장애인 자녀를 키워 본 경험도 없기에 이에 대한 충분한 이해도가 있는 것도 아니고요."

"정 목사. 난 자네가 신이 예비해 둔 적임자라고 확신하네. 아들 승민이를 생각해서라도 빠른 결정을 내려 주길 바라네."

"⋯."

"승민이와 같은 자폐 자녀들, 사회에서 과연 제대로 받아 줄 수 있다고 생각하나? 국가는 말만 번지르르할 뿐, 투표권이 제대로 없는 자폐 아동들을 위한 복지엔 약속이라도 한 것처럼 눈 감고 귀 막은 게 현실이야."

"⋯."

"나도 그렇지만 자네도 기회가 많지 않다는 걸 꼭 생각했으면 좋겠어."

유형식의 마지막 말이 더 절박하게 민태의 마음을 헤집었다. 어지러운 마음이 들었다. 옆에 있는 승민은 세상 더 없는 평온한 얼굴을 하고 거실 바닥과 자신의 몸을 아예 밀착시키고 있었다.

7

승민은 계속해서 평온을 유지했다. 물속에 잠수한 행동을 보인 날은 그랬다. 마치 계약서에 그렇게 적혀 있는 것처럼. 일종의 규칙일 수도 있으며, 신체적으로 부담이 큰 탓일 수도 있다. 물에 얼굴을 파묻고 10분이고 20분이고 나오지 않는 상황은 분명 평범한 상황이 아니었기에 승민도 충분히 지칠 것이다. 물론 승민이 그 난데없는 행동을 벌일 때마다 이를 지켜보는 가족들의 정신적 불안도 극심해졌다. 자칫 잘못해서 숨이 막히진 않을까, 어떤 식으로든 승민이 잘못되진 않을까, 하는 불안함과 답답함이 가족들의 숨을 조여 왔다.

'말을 하면 되잖아. 말을!'

이런 식의 독백이 메아리쳐 울렸다. 하지만 일반적인 표현법을 배우는 게 의미가 없는 승민의 관점에서 가족들의 그 답답함에서 쏟아져 나오는 절규는 말 그대로 허탈한 혼잣말에 가까웠다. 말 한마디로 해소될 수 있는 요구가 승민에겐 목숨을 걸어야 할 정도로 절박한 것이었으니 이를 어떻게 전환할 수 있을지 막막한 게 사실이었다.

승민을 오랫동안 진료해 오던 의사 역시 이런 승민의 반응에 관해 원론적이지만 가장 중요한 행동 지침을 반복할 뿐이었다. 승민을 절대 혼자 내버려 두면 안 된다는 것. 물에 머리를 박고 자신의 불만과 억울함을 호소하는 특이 행동은 다른 자폐 장애인에게선 쉽게 볼 수 없다는 것. 의사는 사람마다 차이가 있다는 말을 힘주어 밝히며, 그렇기에 승민과 같은 친구는 항상 어떤 행동을 할지 지켜봐야 한다는 게 결론이었다.

승민이 자기 방에 들어가 평온히 잠든 것과 다르게 거실은 전쟁터였다. 승민이 엉망으로 만들어 놓은 자리를 가까스로 정리한 외형적 안정감과 다르게 둘째 아들 강민의 불만이 터져 나왔다. 문제의 근원은 단순했다.

"가려면 아빠하고 형이나 가. 난 안 가."

"어떻게 널 혼자 두고 우리 둘이 그렇게 해? 그게 말이 돼?"

"그러는 아빠는 지금 이 요구가 말이 된다고 생각해? 갑자기 멀쩡히 다니던 학교 중퇴하고 대안학교에 들어가라니. 그게 어떻게 가능해?"

"솔직히…. 강민이 네가 멀쩡히 다니진 않았잖아. 학교를."

"무슨 소리야?"

"너, 고2 될 때까지 사고 쳐서 유기정학 당하고 학폭위 불려 가고. 그런 적이 횟수로 몇 번인지 세기도 어려워."

"그 얘기가 지금 왜 나와? 학교에 제대로 적응 못하는 거하고 내가 장애인들이 모인 학교에 함께 뒤엉켜 다니는 거랑은 달라. 다르다고!"

"네 형은 돌봄이 필요해. 가족으로서 우린 네 형을 돌봐야 할 의무가 있어."

"시설이 있잖아. 시설에 맡기면 되는데, 왜 우리가 그 짐을 전부 끌어안아야 해?"

"말했잖아! 그 시설이 우릴 거부했다고."

감정적일 수밖에 없는 표현이었다. 거부했다는 말. 민태는 그 말을 강민에게 하는 게 부적절하다는 걸 알고 있었다. 하지만 할 수밖에 없었다고 스스로 주문했다. 갈 곳이 없었다. 정부에서 운영하는 시설을 기다리는 일은 기약 없는 일이었고, 정신 병원을 찾는 건 지금은 세상에 없는 아내가 생전에 결코 원하지 않았던 마지막 선택지였다. 민태는 흥분이 가라앉지 않은 상태에서 아들 강민에게 한마디를 덧붙여 이 상황의 절망감을 증폭시켰다.

"솔직히 우리⋯. 지금 그곳 아니면 갈 곳 없어."

"아빠하고 형은 그렇겠지. 난 아니야."

"그렇게 얘기하지 마. 그걸 엄마가 원하겠니?"

"…"

"강민아. 부탁이다. 오래 있진 않을 거야."

"언제까지…"

"응?"

"언제까지 있으면 되는 건데?"

"그 학교에서 검정고시도 지원해 준다고 했어. 검정고시
보고 원하는 대학에 입학할 때까지만. 그때까지만 기다려
줘."

강민이 조금 물러서는 모습을 보였다. 민태는 강민의 상
태를 분명 그렇게 짐작했다. 승민이 잠들어 있는 방문이 열
려 있었다. 어떻게 열렸는지 의문이었다. 혹시 승민이 문을
연 건 아닐까 하는 생각도 들었지만 환하게 열린 방문 너머
승민은 침대 위에서 자고 있었다. 세상 평온한 표정으로. 강
민은 자신의 형 승민을 바라보며 중얼거리듯 말했다.

"아빠."

"응."

"아빠….."

"말해….."

"아빠는…. 괜찮아?"

"….."

"난…. 형을 보면 엄마가 생각나."

"….."

"그냥 생각나는 게 아니야."

"강민아. 그건 사고였어."

"사고…. 사고….."

"그래, 사고."

"그래서 더 싫어."

"뭐?"

"사고라서 전부 아무것도 아닌 거로 돌아가는 게 싫다고."

"….."

"누구도 책임지지 않잖아. 엄마는 없는데."

"….."

"엄마를 이제 볼 수 없는데….."

그 말을 끝으로 강민이 자기 방으로 들어갔다. 소파에 털썩 주저앉은 민태가 짧은 한숨을 쉬었다. 아내가 떠난 지 열흘 만에 벌어진 일이다. 단 하루 만에 이 모든 일이 벌어졌다. 시간의 흐름이 중요한 건 물론 아니다. 인생의 방향타를 바꾸는 일은 때론 반나절 만에 급변할 수 있으니까.

민태의 시선이 열린 승민의 방문 너머와 거실 벽면에 여전히 자연스럽게 걸려 있는 가족사진을 번갈아 오갔다.

'지금처럼만 자연스러웠으면.'
'지금처럼만 평범했으면.'

민태의 짧은 한숨은 이어졌다. 그 밤을 지나 새벽 여명이 떠오를 때까지 민태는 소파에 앉아 잠들지 않고 끊임없이 생각하고 또 생각했다.

8

비가 많이 내렸다. 갑자기 내린 소나기라고 하기엔 그 기세가 워낙 강렬했다. 민태는 운전하면서 늘 걸리는 게 있었다. 제대로 작동하지 않는 와이퍼 탓에 비가 내리기만 하면 한 치 앞을 내다볼 수 없는 막막함이 가득했다. 마음만 먹으면 충분히 고칠 수 있는 와이퍼였지만 민태는 그렇게 하지 않았다. 매일 새벽, 부교역자로서 새벽 예배를 집전하기 위해 끌고 나오던 교회 전용 승합차, 주행거리가 15만 킬로미터를 초과하면서부터 차량에 잔 고장이 잦아졌고, 그러다 보니 수리비를 청구할 일이 많아졌다. 민태는 교회 행정부에 차량 수리 영수증을 제출하는 것을 어려워했다. 교회를 위해 움직이고 일했음에도 불구하고 성직자로서 수리비 따위의 돈을 요구하는 게 불편하게만 느껴졌던 상황, 교회에 청구하지 않고 자비를 들여 차를 수리했으면 좋겠지만 그렇게 하기에 민태의 주머니 사정은 늘 넉넉하지 않았다. 그렇게 쉽게 영수증을 내밀 용기를 내지 못해 차일피일 미룬 차량 소모품인 낡은 와이퍼는 갑자기 쏟아지는 소나기에 속수무책이었다.

폭우 수준으로 비가 내린 탓에 민태가 끌고 온 봉고차는 9번 국도 위에 불가피하게 멈춰야 했다. 갓길이 별도로 마련되어 있지 않은 2차선 국도 위로 거칠게 비가 쏟아졌다. 차를 멈춰 세운 민태가 문득 거치대 위에 아슬아슬하게 부착해 놓은 스마트폰 GPS를 확인했다. 목적지까지 남은 거리는 8킬로미터, 번잡한 도심에서라면 만만치 않을 수 있어도 상하행 가릴 것 없이 텅텅 비어 있는 교외 평일 국도라면 넉넉히 10분이면 도착할 수 있는 거리였다. 하지만 와이퍼가 고장 난 상황에서 민태는 소나기가 그치고 떠날 심사로 차의 시동을 슬며시 껐다. 깜빡이는 켜 놓은 채.

민태는 짧은 한숨을 쉬고 룸미러를 통해 뒷좌석에 앉은 두 아들의 상태를 살폈다. 강민은 불편함을 무릅쓰고 승합차의 마지막 칸에 앉아 스마트폰 삼매경에 빠져 있었다. 학교를 그만두고 민태가 결정한 대안학교로 한순간에 짐까지 꾸려 내려가야 하는 상황, 그런 종류의 느닷없는 이주가 달가울 리 없을 것이므로 민태는 강민의 태도에 별다른 말을 할 수 없었다.

스마트폰에 머리를 박은 강민과 다르게 승민은 스마트폰

을 보지 않았다. 승민은 아무것도 하지 않고 운전 중인 민태를 바라봤다. 이따금 민태는 자신을 뚫어지게 바라보는 승민이 무슨 생각을 하는지 알고 싶어질 때가 있었다. 분명 세상의 기준과 다른 기준으로 바라보는 승민의 시선에는 그만의 의미가 숨겨져 있을 것이기 때문이다. 자신의 말을 알아들을 리 없을 거란 생각이 지배적이면서도 민태는 바로 뒷좌석에 앉아 있는 승민을 보며 말을 건넸다.

"기억나."

"….."

"승민?"

"뭐가 기억나는데?"

승민 대신 되물은 건 한 칸 뒤에 앉은 강민이었다. 하지만 곧 아버지 민태가 형 승민에게 건넨 질문이란 걸 알게 되자 강민은 픽 웃으며 다시 스마트폰에 시선을 집중했다. 승민은 이후 민태가 계속해서 괴로움을 자극해도 잘 알아듣지 못했다. 승민 스스로가 생각하는 게 무엇인지 알지 못했다. 다만, 승민은 한 가지 반복되는 패턴을 두려워하고 있었다. 아무 의미 없이 조용히 있다가 난데없이 비명을 지르거나 발작을 할지도 모른다는 사실 말이다. 그런 의외의 충동을 막기 위해 민태가 알아듣든, 못 알아듣든 상관없이 자신의 말을 이어갔다.

"정확히 보름이 지났어."

"…."

"그 보름 동안 파주시 지자체, 담당 공무원이 배정된다고 했어. 하지만 아직 감감무소식이었지."

"…."

"그래서 내가 직접 나서야 했어."

"…."

"직접 그곳으로 들어가기로."

"그래서 새벽에 충동적으로 닥치는 대로 짐을 꾸린 거고?"

눈만 깜빡거리며 그 어떤 반응도 하지 않던 승민과 다르게 강민은 시선을 여전히 스마트폰에 고정한 채 물었다. 민태가 고개를 끄덕이며 답했다.

"맞아. 그렇지 않으면 너하고 나, 그리고 우리 가족, 살길이 없어."

"그런데"

"왜?"

"왜 이렇게 멀어? 경기도에 있는 시설 맞아?"

"맞아…."

"…."

"맞을 거야."

약간의 초조함과 앞으로 어떻게 적응할지 모르는 막연함을 마음에 품은 채 민태는 비가 그치길 기다렸다. 하지만 민태의 기대와 다르게 빗줄기는 더욱 거세어졌다. 거친 빗줄기에 자동차 앞 유리가 한층 더 모호해졌다. 앞을 가늠하기 어려운 모호함이 지배했다.

그 지배의 끝에서 무언가 다가오기 시작했다. 민태가 몰고 온 교회 승합차보다 족히 두 배 정도는 커 보이는 트럭이 요란한 소리를 내며 다가왔다. 트럭은 그냥 지나가는 차가 아니었다. 민태의 승합차 앞으로 섬뜩할 정도로 성큼 다가오더니 멈추어 섰다. 그리고 트럭에서 내린 한 남자. 검은

파라솔 크기의 우산을 쓴 남자의 정체를 민태가 알아본 건
자신의 승합차 운전석 차창을 내린 뒤였다. 그는 유형식의
수행 비서를 자처하는 관리집사 김지호였다.

"오시느라 힘드셨죠? 지금부터는 저희가 모시겠습니다.
저쪽 차로 옮겨 타시죠."

9

약이 많았다. 오래전부터 민태는 타인의 사무 공간, 혹은
교인의 집을 방문할 때면 반사적으로 주방 식탁이나 테이
블 위를 살펴보곤 했다. 만일 약봉지를 발견하면 민태는 공
교롭게도 불안함을 느꼈다. 그 불안은 설명할 수 없는 불안
이었고 자신과 지금은 세상에 없는 아내가 어렸을 때부터
승민을 돌보면서 지켜봐야 했던 불가항력에 가까운 절망이

었다.

선천성 자폐 증세를 보인 승민을 어떻게든 이른바 정상성에 편입시키려고 무던히도 애를 썼다. 민태도 마찬가지였지만 상대적으로 승민 엄마인 최승혜가 보여 준 노력은 집착에 가까웠다. 엄마의 입장이라서 더욱 그랬을 것이다. 자신의 자궁으로부터 태어난 생명이 정상적이지 못한 모습을 보이는 것에 대한 뜻 모를 죄책감이 그녀의 영혼마저 포박했을 것이다. 그 죄책감은 심각한 수준으로 최승혜를 압도했다. 그녀는 승민을 치료할 수 있다면, 승민을 사회에서 인정하는 정상적인 학교에 보낼 수만 있다면, 그 어떤 일이라도 감행할 준비가 된 사람처럼 매달렸다. 뇌 활동에 조금이라도 도움이 된다는 약은 가리지 않고 처방받았고, 승민이 한사코 거부했음에도 불구하고 아침저녁으로 단 하루도 거르지 않고 약을 먹였다. 그랬기에 민태의 시야엔 언제나 약봉지가 들어왔고, 그것을 볼 때마다 희망 고문에 가까운 절망과 불안이 함께했다. 그래서일까. 선한 사람들의 공동체에 처음 들어섰을 때, 유형식 목사의 원장실 좁은 탁자에 놓인 약봉지들은 민태의 마음을 불편하게 만들었다.

민태의 시선은 자연스럽게 약봉지, 그 옆에 놓인 물컵, 그리고 진열장 위에 나란히 진열해 있는 각종 상패와 함께 제법 커다란 크기의 침대로 옮겨 갔다. 원장실 자체도 작은 편이 아니었지만 침대 역시 킹사이즈를 넉넉히 초과할 만큼의 크기와 분량을 과시했다. 더욱이 금방이라도 누워 눈을 감으면 잠이 들 것만 같은 가정집의 오래되고 익숙한 침실을 떠올리기에 충분했다.

민태의 시선이 거대한 크기의 침대를 선뜻 벗어나지 못하는 걸 짐작한 유형식이 낮게 가라앉은 목소리로 말했다. 민태의 결심을 응원하고 환대하는 의미에서 환하게 웃고는 있었지만 그의 얼굴과 몸 전체엔 어쩔 수 없는 병색, 어두운 그늘이 짙게 드리워져 있었다.

"지난번에도 서툴게 고백했지만…."

"…."

"내가 금방 지치고 기운을 잃는 편이네. 그러다 보니 누워 있는 경우가 많아."

"그렇군요. 목사님…."

"응. 말해."

"지난번에는 크게 실감하지 못했지만 많이 편찮아 보이

십니다."

아파 보인다는 민태의 말에 유형식은 다소 허탈한 듯한 미소를 지었다. 그리고 이내 부드러운 목소리로 말했다.

"아파 보이는 게 아니라 실제로 좀 아프네. 오죽했으면 자네가 오늘 짐을 챙겨 온다고 했는데도 마중도 못 나가고 이렇게 원장실에서 맞이하겠나."
"아닙니다. 당연한 일입니다. 제가 뭐라고요."
"아무튼, 잘 왔네. 우리…. 승…."
"승민입니다."
"그래. 승민이, 승민이가 지내기엔 이곳이 참 좋을 거야."

그렇게 말하면서 유형식의 시선은 문가에 쭈뼛거리며 서 있는 강민을 향했다. 승민은 여전했다. 낯선 장소여서 그런지 다소 분주하게 원장실 이곳저곳을 살피며 움직였다. 김지호가 승민을 챙기기 위해 다가갔다. 민태는 승민의 돌발 행동을 지켜보기 위해 승민에게서 시선을 떼지 못했지만 유형식의 시선은 어느새 강민에게 고정되었다. 강민에게 고정된 시선을 일부러 숨기지 않은 유형식이 말을 이었다.

"강민이에게도 이곳은 좋은 곳으로 기억될 거야."
"강민이를…. 아십니까?"

승민의 이름을 기억하지 못하는데 어떻게 강민의 이름을 알까, 하는 마음에 민태가 물었다. 유형식은 전학을 위해 필요한 서류를 보여 주며 말을 이었다.

"비록 우리 학교…. 가정집에서 홈스쿨링처럼 운영되고 있지만 그래도 높은 교육 수준을 갖고 있어. 자네가 큰 결단을 했는데, 나도 준비를 해야지."

강민은 자신의 이야기를 다루는 대화가 어색했던 모양인지 어느새 원장실 문을 열고 밖으로 나갔다. 잠시 강민에게 쏠리던 시선을 전환한 민태가 다시 승민을 바라보며 유형식에게 물었다.

"언론에 비친 것처럼 상당히 자율적인 모습일 것 같습니다."

"학교나 시설이란 단어를 들을 때 떠올릴 법한 전형성을 지우는 데 노력했네. 처음 방문인데도 그 점을 인지했다니 기쁜 마음이야."

"공동체를 10여 년 이상 운영하신다는 게 쉬운 일이 아니었을 텐데 대단하다는 말밖에는 나오지 않습니다."

"우리 김 집사의 도움이 컸지."

유형식이 자연스럽게 공동체 운영의 실세가 김지호란 사실을 밝히며 그를 추켜세우는 말을 건넸다.

"김 집사가 이곳의 창립 구성원이야. 김 집사도 나도 처음 선한 사람들의 공동체를 세우고 운영하기 위해 물심양면으로 애썼지. 그게 단순히 정부 지원을 받아 운영되는 시설과 이곳의 차이점이야. 순전히 자발적인 헌신으로 이뤄진 장소란 말이지."

김지호는 멋쩍은 듯 미소 지으면서도 승민의 돌발 행동에 대한 경계를 늦추지 않았다. 민태의 미안함이 더했다. 그는 빨리 면담을 마치고 자기 아들을 돌봐야 한다고 생각했다. 그게 민태에게 익숙한 일상이었다. 그런 민태에게 유형식이 한마디 풀어내는 듯한 말을 건넸다.

"저녁에 조촐하게나마 환영식을 준비했네."
"그런 것까지 준비하시다뇨. 번거로우실 텐데요."
"이곳 식구들도 소개할 겸 하는 자리니까. 별 건 아니야. 그냥 함께 저녁 먹는 시간이라 생각해."

10

환영식이 맞다. 정민태를 속된 말로 땜질하듯 모셔 온 게 아니란 사실을 입증하기 위한 플래카드도 노골적으로 걸렸다. 대안학교의 실질적 강당 역할을 하는 1층 현관 입구와 바로 연결되어 있는 커다란 공실에 마련된 환영식 행사는 분명 유형식의 확고한 의지로 준비된 것이 틀림없었다. 하지만 유형식의 의지와 상관없이 분위기는 냉랭하기만 했다. 회의실 중앙에는 뷔페식으로 준비한 먹거리들이 단정하게 한 줄로 늘어서 있었다. 정민태, 유형식을 포함해 스무명이 채 되지 않는 참석자들이 환영식 행사의 거의 전부라 할 수 있는 저녁 식사에 집중했다. 그런데 저녁 7시부터 시작된 저녁 식사 시간에 모인 이들은 놀랍도록 침묵했다. 모두 약속이라도 한 듯 외마디도 주고받지 않았다.

정민태가 이상하다고 느낀 건 그 어색한 침묵만이 아니었다. 아니, 오히려 침묵은 환영식을 보다 진지하게 이끄는 낯설지만 분명한 동력이 되어 주는 분위기를 조성했다. 그보다 민태를 낯설게 만든 건 스무 명 남짓한 사람들에게 묻어 있는 쓸쓸함이었다. 그 쓸쓸함의 베일을 찢고 유형식이 자신의 딸을 소개했다. 어쩌면 가장 본질적인 쓸쓸함을 전달해 주는 원인이 되는 그녀와 시선을 마주하는 순간, 민태는 그녀를 기억해 냈다.

"알고 있었나? 내 딸 지은이를."

"네."

"…."

"지금쯤 대학생이 되었을 거로 생각했는데."

"맞아. 지은이는 지금 사회복지학을 전공하는 학생이야. 4학년이지."

"벌써 이십 대 초반이네요."

지은은 민태로부터 시선을 피하지 않았다. 조금은 어색한 시선의 충돌이 지속되었지만 지은은 그 어색함을 깨기 위해 의례적인 행동을 하지 않았다. 민태를 보며 인사를 한 것도 아니었지만 그렇다고 유형식과 정민태 사이에 오가는 대화 범주에서 벗어나지도 않았다. 먼저 지은을 알아보고 말을 건 사람은 민태였다.

"만나서 반가워요. 유지은 씨."

"…?"

"지은 씨. 어렸을 때를 난 기억해요. 지은 씨는 기억 못하겠지만."

기억을 되돌려 보니 벌써 20년 전 일이었다. 종교계에서 유형식의 사례는 그 직종에 종사하는 관계자라면 외면할 수 없는 무거운 짐과 같은 것이었다. 그것이 무거운 짐일 수밖에 없는 이유는 유형식의 무모할 정도로 단호하게 택한 희생과 용서의 길 때문이었다. 이제 막 목사 안수를 받은 정민태의 기억 속에 확고하게 자리 잡은 사건이 있었다. 대대적인 종교계 기사로만 접했지만 정민태는 그 기사의 무게와 깊이를 자신의 피부에 와닿는 일처럼 느꼈다.

유형식의 아내를 살해한 강도, 수감 중 목숨을 끊은 강도가 이 땅에 남기고 간 외로운 혈육, 그 살인자의 딸을 유형식이 입양한다고 했을 때 사람들은 내색하지 않았지만 무모한 객기라고 생각했다. 아무리 성직자라 해도, 당시 유형식이 장애인과 소외된 이웃을 돌보는 봉사 활동을 본격화하던 때라 해도, 아내를 살해한 강도 살인범의 버려진 딸을 입양한다는 건 결코 감정적으로 용납할 수 없는 일이었다. 하지만 그 불안은 시간이 갈수록 지워져 갔다. 유형식이 얼마 지나지 않아 살인자의 딸을 파양할 거라는 세간의 의심 가득한 눈길을 말소해 버린 건 지은이 성장하면서 유형식을 진짜 아버지로 생각한다는 그녀의 공공연한 인터뷰 때문이었다. 아울러 유형식은 재혼하지 않고도 입양한 자녀

를 잘 양육한 좋은 사례로 소개되기도 했다. 한 부모 가정
은 입양할 수 없다는 주위의 편견을 극복한 유형식과 지은
의 사례는 미담의 수준을 넘어서 불가능한 용서의 벽을 돌
파한 사례로 널리 알려졌다.

물론 그 사례의 적극적인 홍보자는 정민태였다. 교계에
관련한 매체와 강연에서 정민태는 비록 유형식과 일면식도
없었지만 유형식의 사례는 미담의 차원을 넘어 성자의 현
현을 보여 주는 극적인 사례라고 소개했다. 세상에서 겪을
수 있는 가장 끔찍한 비극을 이 땅을 살아가는 현실에서도
그대로 구현할 수 있다는 신념의 확증을 보여 준 사건으로
회자한 것이다.

하지만 지금 이 순간, 민태는 기사와 미담으로만 접했던
사례의 현실인 유지은을 보며 적잖이 당황할 수밖에 없었
다. 물론 당연한 낯섦일 수도 있었겠지만 알 수 없는 쓸쓸
함을 지닌 지은이 어색하기만 했다. 자신이 평소 생각해 왔
던 모습이 아니었다.

한참이 지났다. 저녁 식사가 끝나고 유형식이 정민태를
새로운 식구로 소개한 뒤였다. 지은은 장애인 학생들이 어
질러 놓은 식탁을 익숙한 손놀림으로 치우기 시작했다. 민

태는 다른 이들의 도움 없이 지은 혼자 정리를 도맡아 하는 모습에 당혹감을 느껴 먹다 남은 음식물 치우는 일을 거들었다. 정민태가 행동에 나서자 유형식과 그의 수행 비서를 자처하는 김지호는 처음엔 만류하려고 하다가 이내 그대로 지켜보기로 했다.

그렇게 지은과 민태가 일을 대부분 정리했을 때쯤, 지은이 식사 시간에 보여 준 침묵과 다른 반응의 말을 꺼냈다. 제법 오래전부터 알고 지내 온 사이에서 던질 법한, 사전에 상대가 어떤 마음을 가진 건지 간파한 듯한 의미심장한 말을 건넨 것이다.

"지금도 그렇게 생각하세요?"

"네?"

"칼럼 쓰셨잖아요. 저 알아요. 봤어요."

'칼럼'이란 단어를 꺼낼 때 지은의 눈빛이 빛났다. 그리고 민태는 순간적으로 어떤 칼럼의 내용을 말하는지 짐작했다. 유형식의 입양이 예수 사랑의 극치라는 주제로 써 내려간 숱한 칼럼이 떠올랐다.

"알고 있었네요. 지은 씨."

"지은이라고 불러 주세요. 아님, 유 선생이라고 부르셔도 좋고요."

"네. 알겠어요. 유 선생."

"그럼, 다시 여쭐게요. 정말 지금도 그렇게 생각하시는지 궁금해요."

"어떤 부분을요?"

"아버지가 날 택한 행동을 두고 사랑의 극치라고 쓰신 그 문장 말이에요."

민태는 본능적인 반응처럼 고개를 끄덕였다. 그러자 지은이 고개를 가로저으며 짧게 답했다.

"잘못 생각하셨어요."

"어째서…. 그렇게 생각해요?"

"사랑받았다고 임의로 규정당한 당사자가 그렇게 생각하지 않으니까요."

"당사자라면…. 지은 선생이 그렇단 말인가요?"

"물론이에요."

"…."

"반대로 물을게요. 목사님은 정말 이 사랑이 절대적이라고 생각하세요? 살인자의 딸을 자신의 딸로 입양하는 행동이요."

"적어도 용서의 행동이지 않나요?"

"아니요."

"…."

"당사자가 용서받을 마음이 없는데, 어떻게 용서하죠? 그게 용서인가요?"

지은의 표정은 오히려 활력이 돌아온 듯했다. 쓸쓸함의 여운이 가시고 있었다. 하지만 민태에게 지은이 보여 준 그 활력이 오히려 그를 더 긴장하게 했다. 단순한 불편함이 아닌 그 이상의 어려움이었다.

11

지은의 말들이 민태에게 더 오래 기억에 남았다. 그렇다고 지은이 보인 의외의 반응이 마냥 부정적으로 느껴진 건 아니었다. 평소 민태가 그려 오던 미담이 아니라는 점에서 말 그대로 의외란 생각을 했던 것이지, 지은에 대한 인상이 안 좋아지거나 이 공동체가 불편해진 건 아니었다.

저녁 식사와 함께 대략의 상견례를 마친 다음 민태는 바로 업무에 들어갔다. 아내를 잃은 충격, 가족이나 매우 가까운 사람을 상실한 상처를 치유하는 일엔 다른 방법이 없다는 걸 잘 알고 있던 민태였다. 오히려 민태는 주어진 일에 더 집중하고 충실히 임하는 게 최선이란 신념으로 빠르게 공동체 업무에 몰두했다. 한 가족 정도가 살기에는 부담스러울 정도로 큰 전원주택의 공동체는 비록 인가를 받진 않았지만 교계의 알 만한 사람들은 잘 알고 있는 곳이었다. 발달 장애인 대안학교까지 운영하고 있는 공동체는 행정적으로 살펴야 할 게 생각보다 훨씬 더 많았다. 유형식이 벌인 사업은 비단 그뿐만이 아니었다. 생활협동조합이라 해서 주말마다 찾아오는 후원 회원에게 주말 농장 운영 겸 자발적 노동 기부를 통해 유기농 먹거리를 재배, 가공해 판매하는 업무까지 민태가 담당해야 했다. 생협 업무와 대안학교 행정 관리에 있어서 중요한 역할을 하는 인물은 두 명이 전부였는데, 그중 한 명이 유형식의 입양 딸 유지은이었다. 고작 대학교 4학년, 20대 초반의 나이인 지은은 이미 청소년기부터 유형식과 함께 공동체 살림을 꾸려야 했기에 어지간한 행정 실장 이상의 역량을 보여 주었다. 민태가 며칠 간 지켜본 지은의 모습은 분명 그랬다. 그래서일까. 민태는 지은이 처음 자신을 만났을 때 보여 준 다소 도발적인 되물음과 회의적인 태도를 빠른 속도로 상쇄할 수 있었다. 말은 따지듯 했지만 행동은 정반대라고 느꼈기 때문이다. 지은은 누구보다 책임감 있게, 그녀가 습관처럼 호칭하는 '선사공', '선한 사람들의 공동체'를 꾸려 갔다.

'선사공'을 꾸려 가는 또 한 명은 수행 비서 김지호였다. 공동체의 전반적인 행정과 살림살이를 맡은 게 지은이라면 김지호는 4층 건물로 구성된 공동체 주택 4층을 사용하는 유형식과 숙식을 거의 매일 함께하며 그를 돌보는 데 집중했다. 민태는 재무제표에 있어서 커다란 재정 지출과 수입

관리를 김지호가 한다는 걸 확인했지만, 소위 돈주머니는 병색이 완연하긴 해도 여전히 유형식의 몫이라는 걸 알아차렸다. 유형식은 이따금 부끄러운 고백처럼 현재 공동체에 남아 있는 예비비가 거의 없다는 말을 했는데, 그때 민태는 누구도 맡지 않으려 하는 재정 관리를 김지호가 어쩔 수 없이 감당하고 있다는 인상을 받곤 했다.

선사공에 들어온 지 일주일이 되었을 때였다. 민태는 문득 김지호에게 묻고 싶은 말이 생겼다. 생협과 학교 모두 학생 모집 상태나 매출 규모로 미뤄 봤을 때 적자에 가까워 보이는데, 그런데도 이 공동체를 지속 유지하는 동력을 어디에서 끌어오는지 알고 싶었다. 기어이 알고자 하는 건 꼭 알아내고야 마는 민태는 예배가 끝난 뒤, 유형식을 침실로 모신 뒤 밖으로 나온 김지호에게 별도의 대화 시간을 요청했다. 그리고 결국 그 질문을 하고야 말았다. 경우에 따라서 크게 불편할 수도 있거나 전혀 대수롭지 않게 넘어갈 수도 있는 질문이었다.

질문의 내용은 담백했다. 적자가 나는 일을 왜 계속하느냐는 질문. 민태가 알고 싶은 건 단지 그 동기였다. 하지만 질문을 받은 상대 김지호는 민태처럼 단순하지 않았다. 그의 반응은 제법 날카로웠고 상대를 겁박하는 것처럼 느끼기에 충분했다.

"그게 왜 궁금하시죠?"
"아니, 다르게 보면 당연하지 않을까요?"
"어떤 부분이요?"
"정기 후원이 계속된다 해도 한계 상황이고 생협의 재정 상황도 녹록지 않은 것 같아서 건넨 질문입니다."
"그러니까요."
"네?"
"저는 목사님이 그 질문을 하신 의도가 궁금하네요."

'의도'라는 단어를 부러 언급한 게 확실히 느껴졌다. 민태가 듣기엔 분명 그랬다. 민태의 표정이 굳은 걸 확인한 김지호가 상대적으로 누그러진 반응을 보이며 되물었다

"혹시라도 그런 건가 해서요. 목사님이 이곳에 오셔서 생계에 관한 걱정을 하시는 게 아닐까 하는 마음에서 여쭙습니다."

"제가…. 그런 의도를 품고 있다고요?"

"그렇지 않고서야 적자가 염려된다 해서 과연 이 일을 왜 계속해야 하느냐는 식의 질문을 할 수 있는가 하는 생각 때문에 그렇습니다."

민태가 허탈하다는 반응으로 짧게 탄식을 쏟았다. 김지호의 반응도 그에 상응해 눈치껏 움직였다.

"오해했다면 사과드립니다. 저도 목사님의 마음이 전혀 그렇지 않을 거란 생각에서 드리는 말씀이었습니다."

"오해가 맞고요. 그냥 저는 재정 상황이 많이 약해진 것 같은데, 향후 계획이 어떤지 걱정이 되어 물어보았을 뿐입니다."

"그러셨군요."

"제 인건비까지 생각하는 건 아예 계산 밖의 일이었습니다. 단지 전 유 목사님도 병세가 깊어지고 학생 규모까지 예상외로 많지 않은 이 상황을 어떻게 타개하실지 궁금해서 그랬습니다."

"정 목사님."

"네. 말씀하세요."

"유 목사님과 제가 20여 년 전에 이곳, 공동체를 시작할
때는 말이죠. 변변한 건물 하나 없어서 수도와 전기 모두
따로 끌어 써야 하는 컨테이너를 임대해 시작했습니다. 후
원 회원이 한 명도 없었던 게 현실이었고요."

"…"

"그래도 이끌어 왔습니다. 포기한다는 마음은 단 한 번도
해 본 적이 없었어요. 단 한 번도! 왜 그런 줄 아십니까?"

"…"

"유 목사님의 정신이 너무나 숭고하고 투철하셨기 때문
입니다."

"집사님은 유 목사님을 진실로 믿으시나 보네요."

"믿음의 수준은 이미 넘어섰죠."

"네?"

"목사님에 대한 제 마음은 믿음의 수준이 아닙니다. 이
건… 말 그대로 한 몸, 한 피를 나눈 공동체를 향한 확신이
라 할 수 있죠."

"…"

"방금 했던 오해 말입니다. 그 의도에 대해 여쭈어 본 것,

거듭 사과드리겠습니다."

"아니에요. 그렇게 생각하실 수 있다고 생각해요."

"모쪼록 이 어려운 공동체에 함께해 주신 것도 거듭 감사
드리고요."

김지호가 갑자기 화제를 돌리는 것만 같았다. 일견 이해
가 가는 대목이었다. 독백처럼 자신의 신념에 가득 찬 말을
쏟아 내던 김지호는 자신의 심경을 더 밝히는 게 상대에게
큰 부담을 줄 것이라고 이해한 듯 보였다.

민태는 더는 묻지 않았다. 단지 이곳 공동체를 가늠할 수
있는 또 하나의 인상을 확보한 것에 만족했다. 과도하다 싶
을 정도의 신념으로 영근 공동체라는 사실, 하지만 그에 반
해 공동체에 주어진 현실은 그 역시 과하다 싶을 정도로 위
축되어 있다는 사실. 그 두 가지 사실의 발견이었다.

12

강민이 보이지 않았다. 지은의 시선에 강민이 들어오지 않았다. 지은이 직접 적어 넣은 출석부 이름에 정성껏 워드로 타이핑된 강민은 없었다. 대신 강민의 형 승민이 보였다.

1층 현관과 연접해 있는 곳은 어느 하나로 규정하기 어려운 특징을 가진 공간이었다. 공동체 식구가 다 같이 식사를 할 때는 공동 식당이었고, 대안학교 학생들이 수업을 받으며 공부할 때는 강의실이 되었다. 어디 그뿐인가. 수업이 없거나 식사하는 시간이 아닌 경우 1층 공간은 생활협동조합에서 직접 판매해야 할 각종 공산품을 만드는 작업장으로 변하기도 했다. 2층은 숙소였기에 1층에서 거의 모든 사무가 이루어지고 있었다.

지은은 대안학교 선생이자 행정부장, 더 나아가 교장이기까지 했다. 그녀가 관리하는 학생의 수요는 많지 않았다. 승민과 같은 자폐 아이들을 포함해 발달 장애인이 아홉 명, 그리고 새로 들어온 강민을 포함해 비장애인이 두 명, 모두 열한 명이었다. 하지만 지금, 강민이 보이지 않는 상태였기에 1층 공간에는 열 명이 함께했다.

같은 몸 상태라고 생각할 수도 있지만 승민을 제외한 기존에 함께하던 발달 장애인 친구들은 쉽게 승민을 받아들이지 못했다. 승민 역시 마찬가지였다. 자폐 증세를 보이는 정도, 그 증세를 바깥으로 발산할 경우 나타나는 스펙트럼은 천차만별이었다. 지은이 볼 때 승민은 얌전한 편에 속했다. 다른 발달 장애 학생들 중 자폐 아이들은 모두 네 명인데, 그 네 명 모두 하나같이 만만치 않은 돌발 행동을 일상적으로 자행하곤 했다. 하지만 그에 비해 승민은 조용하게 반응했다. 승민의 돌발 행동은 예측할 수 없었다. 하지만 지은은 단순히 조용한 승민을 얌전하고 순한 대상으로만 볼 수 없다고 생각했다. 수업 시간에 승민은 수업에 집중하지 못한 채 구석에 앉아 어딘가를 뚫어지게 노려보기만 했다. 시선은 고정되어 있었지만 정확히 어느 곳을 가리키는지 파악할 수 없었다. 그리고 승민과 함께 수업을 듣는 다른 아이들은 승민과 함께 있다는 사실 자체를 어려워했다. 그래서일까. 다른 아이들은 승민에게 말을 건네거나 다가가서 바라보는 건 고사하고 승민을 아예 없는 사람 취급하려 했다.

이러한 상황 속에서 승민의 보호자가 되어야 할 강민은 보이지 않았다. 지은은 곧 이어진 쉬는 시간에 강민이 있을 만한 곳을 찾기로 했고, 그 장소는 얼마 지나지 않아 발견되었다. 강민은 건물 뒤편 LP 가스통이 쌓여 있는 구석 벽에 기대어 있었다. 한 손에 담배를 쥔 채로.

"수업 안 해?"

"무슨 수업이요? 형하고 같이 하는 수업?"

"그럼 그거 말고 다른 게 있어?"

"미쳤어요? 형은 장애인인데 같은 수업을 받으라고요? 말도 안 돼요."

"장애인 비장애인 구분 같은 건 없어야 해. 우리 학교에선 그런 구분, 없어."

"그건 선생님 생각이죠. 선택은 내가 하는 거예요. 수업받는 학생 당사자가 하는 거라고요."

"그래서? 수업 안 할 거야?"

지은이 물러설 기미를 보이지 않자 강민은 슬그머니 담배를 입에서 떼고 험하게 헝클어진 머리를 쓰다듬었다. 지은이 말을 이었다.

"공부는 계속해야지. 들어가자."

"난 인문계 문과예요. 장애인들하고 같이 못 들어요."

"장애인이나 아니나 다 같이 들을 수 있게 할게. 원하면 개인 과외도 해 줄 수 있고. 그런데….'

"그런데, 왜요?"

"개인 과외 받을 만큼 공부에 집중할 스타일이 아닌 것 같아서."

"담배 때문에…?"

강민의 질문에 지은은 즉답하지 않았다. 대신 한 걸음 강민에게 다가왔다. 강민의 얼굴을 더 자세히 볼 수 있는 위치로 다가오자 본능적으로 강민이 한 걸음 그녀에게서 물러섰다. 그리고 갈등했다. 손에 쥔 담배를 내려놓을 건지, 아니면 그대로 들고 있을지. 하지만 이내 강민은 갈등하지 않아도 되었다. 지은이 손을 건네며 예상 밖의 말을 꺼냈다.

"한 개비 줄래?"

"네?"

"그거."

    지은이 손으로 담배를 가리키자 강민은 짐짓 망설였다. 하지만 지은은 동요하지 않았다. 자신이 뱉은 말을 주워 담지도 않았다. 지은을 민망할 정도로 바라보던 강민이 곧 주머니에 손을 넣고 담배 한 개비를 꺼내 지은에게 건넸다. 지은이 담배를 입에 물자 라이터 불도 켜 주었다. 담배를 한 모금 깊게 빨아들인 지은이 탄식과 같은 긴 한숨과 함께 연기를 내뱉으며 말했다.

"여기가 담배 피우는 곳인 줄 잘도 알아냈네."

"…."

"감이 좋은 건지, 아님, 워낙 오랫동안 피워서 그런 건가?"

"…."

"수업 들어와. 되도록이면."

"왜 그래야 하는데요?"

"네 동생 때문 아니고, 너 때문에."

"네?"

"안 그러면 진짜 지루해지니까."

몇 모금 빨아들인 게 전부였다. 지은은 여전히 마디 끝의 붉은 기운을 가득 머금은 담배를 강민에게 건넨 뒤 돌아섰다. 강민은 늦은 오후, 석양의 빛을 받은 지은의 뒷모습을 꽤 오랫동안 바라봤다. 지은이 아예 시야에서 사라질 때까지.

13

안식일처럼 하나의 의식이 기다리고 있었다. 민태는 예측할 수 없었던, 하지만 충분히 가능한 시도라고 볼 만한 현상이었다.

'선사공'에 입소한 뒤 정확히 일주일이 지난 날이었다. 정민태는 같은 건물에서 거의 비슷한 패턴으로 시간을 보내다 보니 일주일이란 시간 개념이 희박해지는 걸 느꼈다. 생협에서 얼마 되지 않은 온라인 판매 상품을 포장하고 배송하기 위해 주소를 입력하는 일은 김지호의 몫이었고, 대안학교 수업, 관리하는 일은 지은의 몫이었다. 그리고 그 둘은 놀라울 정도로 철저하게, 경우에 따라선 초인적 인내심을 동원해 자신에게 주어진 일을 문제없이 수행해 냈다. 특히 민태가 보기에 유형식의 입양 딸 유지은의 인내심은 유례를 찾아볼 수 없을 정도로 대단해 보였다. 지적 장애인으로 구성된 학생들을 돌보며 수업을 진행하는 일뿐만 아니라, 강민과 같은 위기 청소년이라 부를 만한 아이까지 한 학급 안에서 지속하여 돌본 것이다. 하루에 정확히 네 시간 이상은 기본적으로 수업을 이끌어야 했는데, 상태가 모두 다른 열한 명의 아이들에게 쏟아부어야 할 인내심은 상상을 초월했다. 하지만 민태의 염려에도 불구하고 지은은 묵묵히 대안학교를 꾸려 나갔다.

그렇게 칠 일이 지나고 팔 일의 밤이 다가왔다. 팔 일은 종교인, 그중에서도 개신교인에겐 중요한 의식이 기다리는 날이다. 안식 후 첫날로 인식되는 주일, 예배가 있는 하루였다. 유형식의 투병 생활이 계속되고 있었기에 민태는 예배가 어떠한 방식으로 진행될지 궁금했다.

민태는 3층으로 구성된 단일 주택 건물인 '선한 사람들의 공동체'에서 종교 시설로 사용할 만한 공간을 발견하기 어려웠다. 종교 장식품인 십자가나 강대상, 음향 시설도 볼 수 없었기에 더욱 그랬다. 주중엔 아예 기도회 등의 종교 행사가 없었기에 건물 어디서 어떤 방식으로 예배할 수 있을지에 관한 의문이 더욱 증폭되었다.

그리고 맞이한 첫 주일, 하지만 의외의 시간이 지속되었다. 전통적으로 시행되는 오전 11시가 지나고 점심시간이 지나도 예배는 시작되지 않았다. 수업도 없었고 납품을 위한 업무도 없었기에 공동체 건물은 지나칠 정도로 고요했다.

오후가 되자 강민이 참지 못하고 공동체 건물을 나갔다. 민태가 말렸지만 설득력이 없었다. 강민이 볼멘소리로 다음과 같이 말했기에 더 강민을 말릴 이유를 찾기 어려웠다.

"예배도 없는 것 같고 선생님도 연락 안 받잖아. 나갈거야.

일주일 동안 갇혀 있었잖아. 오늘 하루도 못 나가면 미칠 것 같다고."

민태는 순간, 같은 방구석에 가만히 앉아 있는 승민을 바라봤다. 보호자라고 할 수 있는 가족이 동생 강민만 있는 게 아니었다. 자신이 함께 있기에 강민을 붙잡을 수 없다고 생각한 것이다. 늦은 오후가 되도록 예배는 진행되지 않았다. 유형식이 지내는 3층은 그 어느 때보다도 고요했다. 정민태는 3층으로 직접 올라가 볼 생각도 했지만 그 알 수 없는 고요가 자신의 행동을 주저하게 만들었다.

그렇게 속절없이 하루가 지나가는 듯했다. 식사 시간은 모두 지켜야 했기에, 그게 공동체에 주어진 가장 본질적인 흐름이었기에, 저녁 식사를 하기 위해 아이들과 공동체 일원은 저녁 6시에 식당 용도로 쓰이는 1층으로 내려왔다. 그때였다. 1층으로 내려온 승민이 이상하게 불안한 모습을 보였다. 뒤따라 1층 계단으로 내려온 민태의 팔을 붙잡고 채근하는 신호를 보냈다. 민태는 얼마 지나지 않아 그 이유를 어렵지 않게 알 수 있었다. 저녁 식사가 준비되지 않은 것이다. 일주일 내내 어김없이 지켜 오던 6시에 진행되는 뷔

폐식 저녁 식사가 없었다.

팔 일, 일요일만의 변화가 또 하나 있었다. 간단한 공동체 소개 말고는 3층 숙소에서 미동 하나 없었던 유형식이 1층으로 직접 내려온 것이다. 김지호의 부축을 받고 3층에서 1층으로 내려온 유형식은 일주일 전보다 더 수척한 모습이었다. 한눈에 보아도 병색이 완연했지만 민태를 긴장케 한 눈빛만큼은 섬뜩하리만치 또렷했다. 초췌하고 마른 모습에 대비가 되어 그런지 안광은 더 깊고 그윽했다. 정민태만 예측하지 못한 것처럼 보였다. 유지은을 포함한 다른 이들은 일요일 저녁, 1층으로 유형식이 내려올 것을 예감하거나 준비하고 있는 듯 보였다. 물론 승민과 같은 자폐 장애 학생은 여전히 선생인 지은의 통제를 받아야 했지만 다른 발달 장애 학생은 유형식의 등장을 다소 초조하고 불안한 눈빛과 함께 받아들였다.

유형식은 식사하지 않았다. 식사를 먼저 했는지도 모르지만 그보단 아예 밥을 먹는 의식 따위는 현 시간의 목적에 포함되지 않는 듯했다. 예의 굳은 표정으로 1층의 중심으로 보이는 책장 앞 소파에 앉았는데, 그러자 공동체 일원들이 약속된 의식을 치르듯 유형식을 가장 잘 볼 수 있는 위치에 자리를 잡고 앉았다. 정민태 역시 자연스럽게 이 의식에 스며들었다.

"둘째 아들이 안 보이네요."

유형식은 정민태에게 처음 부탁할 때와 이곳에 처음 그를 받아들일 때의 친절한 기운이 완벽히 거세된 표정과 말투를 사용했다. 유형식을 측면 거리에서 바라볼 수 있는 위치에 앉은 민태는 유형식의 서늘하고 시종 진지한 눈빛을 본능적으로 피하면서 답했다.

"네. 일주일 내내 이곳에 있는 게 답답했던 모양입니다."
"김 집사님이 이곳의 규율에 관해 충분히 설명하지 않았나 보군요."

민태의 대답이 끝나자마자 유형식이 쏟아 내는 비난의 화살이 대뜸 김지호에게로 향했다. 김지호는 별다른 변명 없이 고개 숙여 답했다.

"정 목사님이 오시자마자 챙겨야 했는데, 죄송합니다."

"공동체 일원 중 한 명이라도 이탈해선 안 되는 시간이라는 걸 잊었다니, 유감입니다."

"정말 죄송합니다."

시작부터 불길했다. 불길하다는 느낌이 더 확실하다고 민태는 직감했다. 하지만 그 불길함은 시작에 불과했다. 유형식은 과연 병색이 깊은 환자라고 보기엔 이후의 모습과 커다란 괴리를 가지고 있었다. 오래되고 낡은 성경책 하나를 펼친 유형식은 온통 죄와 타락, 배교와 위선의 끔찍한 결과가 예고된 성서 구절들을 한치의 따뜻함의 온기, 상대에게 대화할 수 있는 여지를 주는 타협의 물기를 온전히 탈색한 채 읊조렸다. 설교라곤 할 수 없었다. 그저 유형식 자신이 기억하는 성경 구절을 읽는 게 전부였다. 죄, 그리고 타락에 대한 성경 구절을 읽어 나가는 유형식의 눈빛은 점점 더 섬뜩해져만 갔다. 그의 무정한 눈빛을 가만히 바라보고 있으면 그 눈빛의 당사자가 된 존재는 흡사 자신의 인간성이 박탈당하는 기분을 느낄 정도였다. 그만큼 유형식은 혐오와 증오, 여간해선 끝날 수 없는 포악한 참상을 목격한 이의 발버둥을 닮은 눈빛으로 일요일 저녁에 모인 공동체 사람들을 노려보았다.

성경 구절을 낭독한 뒤부터 민태가 괴이하다고 느낄 수밖에 없는 일이 전개되었다. 죄에 대한 성경 구절 암송이 신호탄이 된 것 같았다. 유형식의 선고와도 같은 성경 읽기가 끝난 뒤 정해진 순서인지, 즉흥적 탄식인지 모를 반응들이 모인 구성원 각자의 입에서 거침없이 쏟아져 나왔다. 말투나 표현, 발언의 길이는 모두 달랐지만 과정과 결론을 채우는 내용은 집요하리만치 일관되었다. 그건 민태가 볼 때 일종의 죄 고백이었다. 일주일 동안 공동체 생활을 하면서 알게 모르게 지었던 죄.

죄 고백은 누가 먼저랄 것도 없이 경쟁적으로 이루어졌다. 한 사람이 손을 들고 자리에서 일어나 자신이 일주일 동안 저지른 죄에 대해 민망할 정도로 자세하게 열거했다. 하지만 죄 고백이라고 하기에 그 내용이나 현상은 허탈할 정도로 사소했다. 민태가 그 자신도 모르게 고개를 가로저을 정도로. 예를 들면 이런 것이었다. 공중 화장실 개념인 공동체 주택에서 화장실 사용에 불편을 느껴 다른 구성원을 원망하는 마음이 들었다는 죄의 고백에서부터 화단의

꽃에 제때 물을 주지 못해 꽃이 시든 모습을 보고 자신이 왜 살아야 하는지 심한 의문과 죄책감에 잠을 이룰 수 없었다는 식의 고백은 분명 모순투성이였다.

죄라고 말할 만한 내용이 아님에도 불구하고 구성원이 그 죄의 내용을 고백하는 순간의 반응, 고백하면서 스스로 체감하는 죄의식과 죄책감은 상상을 초월하는 수준이었다. 꽃에 물을 제대로 주지 못했다고 고백한 한 발달 장애인 학생은 고백이 끝나자마자 무릎을 꿇고 주먹 쥔 손으로 자신의 얼굴을 스스로 내리치는 자해 행위를 시작했다. 순간, 민태가 자리에서 일어섰지만 김지호가 손짓으로 만류했다. 민태는 순간 엉거주춤 선 채로 그 고백자의 자해 행위를 고스란히 지켜봐야 했다. 자해는 집요했고 끔찍할 만큼 길게 이어졌다. 민태를 경악스럽게 한 건 공동체 구성원의 태도였다. 발달 장애 학생의 자해를 누구도 막지 않았다. 반사적으로 민태는 그 순간 유형식을 바라봤다. 이 의식의 집권자가 분명 유형식이었으므로 그의 반응 여부에 따라 자해는 충분히 중단될 수 있다고 본 것이다.

하지만 유형식은 이 끔찍한 의식을 중단하지 않았다. 고백자의 코에서 피가 터져 나오고 입술이 터져 비명을 지르는 상황까지 치달아도 유형식은 그 서늘하고 무정한 눈빛으로 이 상황을 지켜볼 뿐이었다. 발달 장애 학생은 괴로움과 고통 속에서 신음했다. 민태는 이해할 수 없었다. 정말 저렇게 아파해야 할 만큼 큰 죄를 저지른 건지 이해할 수 없었다. 하지만 이 극단적 의식은 이해와 상식의 수준을 어느 시점부터 넉넉히 넘어서고 있었다. 한 고백자의 자해가 멈추지 않고 계속되는 동안 다른 공동체 일원이 번쩍 손을 들더니 민태로서는 믿을 수 없는 죄의 고백을 쏟아 내기 시작했다.

"저는…. 매일 밤마다 지독히 저속한 성관계에 빠져듭니다. 온종일 빠짐없이 음란한 상상을 하다가 밤의 악마가 찾아오면, 학생들의 방에 들어가 세 명이든 네 명이든, 정말 끔찍할 정도로 음탕한 그룹섹스를 즐깁니다."

민태는 자신의 귀를 의심했다. 더욱이 지금 고백하는 그 고백자인 40대 초반의 여성 활동가는 행정부장을 자처한 김지호의 사촌 여동생이었다.

정말 그런 일이 가능할 수 있을까? 밤마다 혼음을 벌인다고? 민태는 재빨리 일주일 동안 이곳, 공동체 주택의 밤을 상상했다. 민태가 매일 잠든 곳은 학생들이 서너 명씩 한 방에서 잠드는 숙소가 있는 2층 끝 방이었다. 방음 시설이 제대로 완비되지 않아 학생들의 코 고는 소리, 밤중에 화장실을 찾아 소변을 보는 소리까지 들릴 정도라 대부분 잠을 설쳤다. 그런데 그런 2층에서 혼음 행각을 벌였다니. 믿기지 않았다. 민태는 그 이른바 성적 타락을 고백하는 고백자의 시선과 이를 지켜보는 유형식을 번갈아 살폈다. 고백자의 죄 고백은 점점 그 수위가 높아져만 갔다. 나중에 이르러서는 새벽만 되면 공동체 주택 앞마당에서 키우는 진돗개와 수간을 시도했다는 식의 고백을 했는데, 그때가 되어서야 민태는 이 고백이 현실의 고백이 아니라 상상 속의 고백이라고 짐작할 수 있었다.

상상 속의 고백이라 하지만 그 죄를 스스로 자책하고 탄식하고 이를 해소하기 위해 선택하는 의식의 전개는 눈 뜨고 볼 수 있는 수위가 아니었다. 민태는 반사적으로 승민이 걱정되었다. 승민은 학생들의 비명과 신음, 봉사자와 활동가들의 장탄식과 함께 험악하게 흩뿌려지는 자해의 흔적과 뜻 모르게 중얼거리기 시작한 유형식의 방언까지. 이 모든 예기치 않은 습격과 같은 상황에 적잖이 당황했다. 그때 승민은 무언가를 찾아 두리번거렸다. 승민의 표정이 변화하는 과정을 짐작할 수 있는 건 민태뿐이었다. 이전까지는 민태의 아내가 승민을 가장 잘 알고 있었지만 아내가 떠난 지금 민태 말고는 승민의 급작스러운 격변의 징후를 짐작할 수 있는 이는 지구상에 아무도 없었다. 동생 강민은 아무것도 모른다. 아니, 알고 싶지 않을 것이다. 형에 대해서 더 자세히 알면 알수록 남는 건 절망뿐이니까.

승민이 갑자기 자리를 박차고 일어섰다. 그때 민태도 본능적으로 움직였다. 승민이 어디로 향할지 짐작하고 있던 민태가 승민보다 간발의 차이로 움직였다. 민태는 화장실 앞을 가로막고 섰다. 공동체 일원의 비명은 더욱 거세어졌다. 화장실 안으로 들어갈 수 없음을 직감한 승민은 두 손으로 제 머리를 움켜쥐며 짐승처럼 울부짖었다. 고통스러울 때, 자기 뜻을 어떻게든 알리고 싶을 때, 승민은 얼굴을 물속에 파묻곤 했다. 물속에 자신의 존재를 가두고 누군가 자신의 이 절박한 신호를 이해해 주길 바라는 방식. 그게 승민이 지금까지 보여 준 거의 유일한 자신의 표현 수단이었다.

"지금은 안 돼."

"으으으으…."

"안 된다고!"

민태가 소리치며 승민을 붙잡았다. 물에 얼굴을 처박을 수 없게 된 승민은 극한의 두려움과 불안을 느끼며 주위를 두리번거렸다. 주방의 싱크대라도 찾을 수 있으면 금방이라도 비명을 지르며 뛰어갈 기세였다. 민태는 그런 승민을 붙잡고 부둥켜안았다. 그리고 주위를 둘러봤다. 1층은 순식간에 울음바다와 탄식의 도가니로 변했고, 그때 유형식의 시선은 민태에게 고정되어 있었다. 민태 역시 알 수 없는, 해명할 길 없는 의문을 끌어안은 시선으로 유형식을 바라봤다.

14

민태 스스로 '공동체 의식'이라 명명한 일요일 저녁의 악몽은 저녁 10시가 되어서야 잔불이 꺼지듯 가라앉았다. 거짓인지 허황한 망상에 가까운 건지 구별할 수 없는 공동체 일원의 죄 고백은 무질서할 정도로 빈번하고 산만하게 곳곳에서 터져 나왔고, 회개 기도라는 명분으로 이루어진 탄식은 섬뜩한 비명의 파편이 되어 횡액처럼 1층 공간을 지배했다. 울고 비명 지르고 고통 속에서 어떻게 할 바를 찾지 못하고 발버둥질하는 공동체 일원의 불길이 차츰 가라앉기 시작할 때 즈음, 유지은의 행동이 일종의 퇴장을 위한 신호탄이 되어 주었다. 머리를 바닥에 박거나 두 손을 절박하게 맞잡고 잘못했어요, 잘못했어, 라는 식의 비명을 지르던 학생들은 어쩌면 그들에게 유일한 행동 지침이라 할 수 있는 유지은의 처분을 기다리는 듯 보였다. 아니나 다를까, 어느 순간부터 기도도 하지 않고, 죄를 고백하지도 않던 유지은이 자리에서 일어서자 일제히 약속이라도 한 듯 사람들은 행동을 멈췄다.

잠시 후 유지은은 아무 일 없었다는 듯 자리에서 일어나 헝클어진 머리를 가다듬고 공동체 고백 처음에 약간 흘렸던 눈물과 땀을 닦으며 1층을 벗어났다. 유지은이 퇴장하자 다른 학생들도 동력을 잃은 듯, 아님, 유지은이 끝내고 나가기만을 기다린 듯 행동을 멈추고 슬금슬금 자리에서 일어서기 시작했다. 1층과 현관을 구분 짓는 출입문 역할을 하던 여닫이문이 유지은에 의해 절반가량의 틈을 보이며 열렸고, 유지은이 그 앞에서 물끄러미 학생들을 바라보며 서 있었다. 학생들은 밖으로 나가면서도 여전히 한 사람의 눈치를 살폈다. 저녁 10시가 넉넉히 넘었어도, 더욱이 병색이 완연한 상태에서도 공동체의 끔찍하고 무도한 죄를 심적으로 강하게 질책하며 탄식하던 유형식의 기도는 여전히 현재진행형이었기 때문이다.

학생들이 나가자 그 후의 순서는 어른들이었다. 열한 명 정도가 대안학교 학생이라면 나머지 열 명 정도는 자원봉사자나 유형식을 여전히 열렬히 추종하는 김지호와 같은 이들이었다. 그들까지 모두 밖으로 퇴장한 뒤에 남은 건 공교롭게도 민태와 유형식뿐이었다. 마지막으로 퇴장한 건 김지호였는데, 김지호는 1층 밖으로 나간 뒤에도 현관 앞을

서성였다. 유형식이 언제 의식을 마칠지 기다리는 분위기
가 역력해 보였는데, 그런 김지호의 행동을 알아본 걸까. 유
형식도 서서히 간절해지던 기도를 멈추고 고개를 들어 민
태를 바라봤다. 민태는 유지은이 눈을 떴을 때와 같은 표정
을 유형식에게서도 읽을 수 있었다. 자신을 사로잡던 열기
와 흥분이 갑자기 가라앉은 느낌, 그토록 진지하던 의식이
한순간 아무것도 아닌 것처럼 차갑게 식어 버린 느낌이었
다. 유형식은 통곡의 순간이 휘발한 이 상황을 개탄하듯 혼
잣말을 내뱉었다.

"언제나 말뿐이죠."
"네?"

순간, 무심하게 툭 뱉은 유형식의 말을 민태가 다소 놀란
느낌으로 받았다. 유형식은 한층 물기를 빼고 서늘하게 말
했다.

"사람들은 죄를 쏟아 내고 자신을 돌아본다 말하지만, 전
혀 뉘우치거나 달라지는 게 없어요."

"그런데…. 의문이 생깁니다."

"뭐가 의문이죠?"

"이들이 세 시간가량 쏟아 낸 죄 말입니다. 실제로 그런 죄를 저질렀다는 게 믿기지 않아서요."

"정 목사."

유형식의 목소리, 표정 모두 차갑게 가라앉았다. 민태 역시 차분히 가라앉은 표정으로 유형식을 바라봤다.

"죄는 생각으로도 범할 수 있으며, 눈과 손이 잠깐 머무는 것만으로도 범할 수 있습니다."

"…."

"그 더러운 죄를 어떻게 용서받을 수 있을까요? 일주일 내내 마음과 몸으로 험악한 죄를 범하다가 고작 주일 저녁에 회개하는 것으로 용서받을 수 있다고요? 어림도 없죠."

"죄를 꼭 이런 식으로 회개하고 용서받아야 하는지 의문입니다."

"이건 최소 조건입니다. 이 정도도 하지 않고 어떻게 우리가 모시는 신 앞에 떳떳이 설 수 있다는 건가요."

"…."

"정말이지 끔찍하고 더럽습니다. 앞으로 내가 이곳, 이 자리에 남지 않으면 이들이 저지르게 될 방만함과 게으름, 죄에 대한 무감각을 어떻게 해야 할지 괴롭기만 하네요. 그러니 정 목사."

"네. 말씀하세요."

"정 목사에게 무거운 짐을 지우는 것 같지만 이들의 죄를 그대로 넘기지 마시고, 더 혹독하고 분명하게 다스리길 바랍니다."

"글쎄요. 전 아직 준비가 덜 된 것 같은데요."

"아직 시간이 있으니까요. 제가 지지하겠습니다."

민태는 대답을 하지 못했다. 그런 그의 시선이 반쯤 열린 문 너머, 여태껏 그 자리 그대로 서 있는 김지호를 향했다. 민태의 주관적인 시각일 수도 있지만, 그 순간 유형식과 김지호, 둘 사이의 시선은 매우 건조했다.

같은 시간, 시선의 건조함은 또 다른 시선의 충돌에서 본격화되었다. 시작을 여는 건 항상 자신이 주어진 관계에 우위에 있다고 믿는 사람이다. 지은은 자신이 이 공동체에 모여 있는 학생들을 책임지는 위치에 있다고 스스로 설득해 왔다. 그 설득은 어느새 그녀에게 필연이 되었다. 학생들에게, 특히 발달 장애를 앓거나 자폐에 신음하는 이들에게 죄 고백의 시간은 쉽게 이해할 수도, 이해받을 수도 없었다. 학생들의 난처함을 간파하고 있던 지은은 학생들을 2층으로 데려와 일일이 취침 점호를 챙겼다. 지은은 그 순간 선생의 자격이 아닌 보호자의 자격으로 학생들을 챙겼다. 제대로 옷을 벗기 힘들어하는 발달 장애인 학생의 옷을, 그것도 속옷까지 전부 갈아입히는 일에서부터 양치를 시키고 세수를 하게 하는 일 모두 지은은 마다하지 않고 수행했다. 그렇게 여덟 명이 넘는 장애 학생의 옷을 갈아입히고, 침대나 바닥 자리에 눕히고 난 지은은 2층 복도의 끝에 서 있는 승민과 마주했다.

2층 복도의 끝엔 천장에까지 도달할 법한 높이를 자랑하는 직사각형 거울이 부착되어 있었고 승민은 그 거울에 비친 자신의 모습을 신기하게 쳐다보는 중이었다. 다른 학생들이 비교적 얌전히 지친 몸을 달래며 잠든 와중이었지만 승민은 그렇지 않았다. 오히려 지은의 눈에 비칠 땐 정반대로 보일 정도로 눈빛이 살아 있었고 어깨의 들썩거림도 예사롭지 않았다. 거울을 뚫어져라 바라보던 승민이 거울에 비친 지은을 바라보곤 눈빛이 잠시 흔들렸다. 지은이 계속해서 멈추지 않고 자신을 향해 다가오는 걸 직감적으로 느꼈다. 승민이 짐짓 몸을 돌려 거울 반대편을 바라봤을 때, 지은은 이미 승민의 바로 앞까지 접근해 있었다. 승민의 시선은 분명 지은에게 집중해 있었다. 물론 자폐의 특성상 이내 시선은 빠르게 흔들렸고, 몸의 중심을 잡지 못했다. 지은은 그런 승민을 보며 일방적으로 말을 걸었다. 상대가 답을 할 수 없다는 걸 알고 던지는 부드러운 위압감이 스며든 말이었다.

"말을 하기 싫은 거야? 처음부터?"

"…."

"아님, 할 줄 아는데 감추는 거야?"

"…."

"그럴 수도 있지 않을까."

"…."

"그럴 수도 있지 않겠냐고."

자폐증을 앓는 경우의 수, 그 반응이나 증세의 스펙트럼
은 상당하고 볼 수 있다. 비록 정돈되진 않지만 꼬박꼬박
반응하는 자폐도 있는 반면에 아예 제대로 된 의사소통조
차 하지 못하는 자폐도 있다. 자신의 충동과 자신만의 세계
에 갇혀 전혀 소통하지 않는 승민의 경우는 한 마디의 답도
제대로 하지 못했다. 살아오면서 단 한 번도. 지금도 마찬
가지였다. 한 가지 신기한 건, 복도의 끝에 지은이 가로막고
선 그 위치에서 승민이 쉽게 벗어나지 않았다는 사실이었
다. 시선은 여전히 산만했으며 몸도 어느새 다시 거울을 바
라보는 위치로 돌아섰지만 지은이 그 자리 그대로 서 있는
한 승민도 그 자리를 벗어나지 않았다. 지은은 그런 승민을
알 수 없는 표정으로 바라봤다. 더 말을 걸지도, 승민을 붙
잡고 복도의 끝 방 문을 열고 같이 들어가지도 않은 채, 한
참을 그 자리를 지키며 서 있었다.

15

한 달이 지났다. 여러모로 급격한 변화가 민태에게 나쁜
결과만으로 다가온 것은 아니었다. 아내를 잃었다는 슬픔
과 절망적인 감상에 젖어 지내도 모자랄 시간이었지만, 그
시간을 돌변한 환경에 노출하느라 민태는 정신없이 지내
왔다.

'선한 사람들의 공동체'는 그 위세가 예전만 못했다. 김지
호는 매주 월요일 행정 회의를 할 때마다 공동체를 위한 후
원이 계속 줄어든다는 말과 함께 다른 특별 대책을 세워야
한다는 말을 반복했다. 물론 행정 회의에 함께한 지은은 이
사안에 대해 아무 반응도 보이지 않았다. 퉁명스럽고 장황
하게 현재 공동체가 겪을 수밖에 없는 위기 상황에 관한 설
명을 하는 건 김지호가 유일했다.

그렇듯 공동체의 재정 상황이나 이름 가치가 예전만은
못해 보였지만, 그런데도 언론 노출은 여전히 활발해 보였
다. 공동체가 운영하는 생협을 둘러본다면서 정부 기관을
비롯해 종교 단체, 방송국 기자들이 공동체 건물을 방문한

횟수가 민태가 지내던 한 달을 놓고 봐도 스무 회 이상이 훨씬 넘었다. 언론은 여전히 새로운 형태의 공동체로 이곳을 주목했으며 동시에 말기 암을 극복하기 위해 노력하는 유형식 목사의 완쾌를 위한 관심도 지속해서 기울였다.

그 대목에서 민태는 얼핏 의문이 들었다. 김지호가 말했던 재정의 어려움이 그랬다. 공동체가 설립된 지 20년이 넘어가는 상황에서도 관심의 농도가 흐릿해지지 않은 상태라면, 그 관심을 바탕 삼아 후원이나 생협 먹거리 판매를 통해 일정 수준 이상의 이익을 얻을 수도 있을 것 같은데 하는 의문이었다. 현재 남은 사람들의 수효도 그렇게 많지 않은 상황이었으며, 민태가 한 달 동안 먹은 식단을 봐도 특별히 손이 많이 가거나 비용이 많이 소요될 법한 재료가 쓰인 식사도 아니었다. 건물 벽마다 곳곳에 습기가 스며들었고 오래되고 낙후된 시설로 인해 신속 교체가 시급해 보였지만 그대로 버려둔 곳이 많았다. 조경사를 부르거나 자체적으로 돌볼 여유가 없었는지 공동체 건물 앞마당에 무성하게 자라난 아카시아 나뭇가지들이 창가에 어른거리는 모습도 공동체의 이해할 수 없는 가난에 한 몫을 더했다.

재정적 염려를 내려놓고 보면 민태에게 공동체에서의 한

달은 안도의 한숨을 쉴 수 있게 해 준 시간이었다. 승민을 돌봐 줄 수 있는 안식의 장소가 있다는 것 자체가 민태에겐 구원이었다. 지은과 자원봉사자 두 명이 거의 24시간 승민의 상황을 돌보며 언제, 어느 때고 일어날 수 있는 돌발상황을 방지해 주었으므로 이보다 더한 안도감은 없었다. 한 달이 다 지나도록 이곳을 학교로 인정하지 못하고 방황하는 강민에겐 미안함과 함께 우려하는 마음이 뒤따랐지만, 그래도 승민이 머물 수 있다는 것 자체에 고마움이 앞섰기에 민태는 어느 정도 희생은 감수해야 한다고 스스로 다짐했다.

그 다짐은 한 달 동안 어김없이 겪을 수밖에 없었던 이른바 '죄 고백의 시간'에도 적용되었다. 첫 주에 겪었던 충격이 민태를 혼란스럽게 했다. 그다음 주, 민태는 유형식의 신앙관이 무엇인지, 어떤 철학을 가졌는지 알고 싶어 그가 쓴 저서를 찾아보거나 인터뷰 자료들을 검색해 보기도 했다. 하지만 외부로 드러난 특별한 사상이나 신념은 없었다. 인터뷰 내용도 지극히 원론적인 차원에 머물렀다. 약자와 소외된 이들을 위한 공동체 운영에 대한 지극히 상식적인 소신을 밝히는 게 인터뷰 내용의 대부분이었다. 저서나 논문 역시 공동체 운영에 관한 사례를 소개하고 간단히 자신의 의지나 신념을 덧붙인 게 고작이었다. 공동체를 일요일 저녁마다 한곳에 모아 놓고 은밀한 비밀이 담긴 죄까지 모조리 고백하게 한 뒤, 가혹할 정도로 깊은 죄의식의 늪에 빠뜨리게 하는 죄 고백의 시간에 대한 신념이나 단서를 발견할 수 있는 자료는 아예 없었다.

하지만 죄 고백의 시간을 지속하여 경험하면서 민태의 마음에는 우려의 색깔이 점점 옅어지기 시작했다. 온전히 이교적이라고 할 수 없지만 틀림없이 정통 기독교 이벤트에선 보기 드문 장면이었다. 이를 주의 깊게 살핀 민태였지만 첫 주에만 생소하게 느꼈을 뿐이지, 특별하게 문제로 번질 만한 사건은 일어나지 않았다. 울고 소리치거나 발을 구르거나 간혹 머리를 바닥에 박는 등의 돌발 행동은 있었다. 하지만 그런 것 말고는 대체로 처음엔 격정적이고 걷잡을 수 없을 정도로 진지하게 죄를 고백하다가 이후에는 서로의 눈치를 보고 그 시간이 언제 끝날 것인지에만 관심 두는 게 전부였다.

특이한 건 승민의 반응이었다. 많은 사람이 한 장소에 모여 울음을 터트리거나 비명을 지르고, 주먹으로 바닥을 치며 기도하게 되면 그 분위기에 휩쓸려 돌발 행동을 벌이거나 금방이라도 그 상황을 벗어나기 위해 안절부절못하는 모습을 보여 주던 승민이었다. 하지만 승민은 갈수록 죄 고백의 시간을 지켜보는 내내 오히려 평소의 모습보다 더 차분하게 가라앉은 모습을 보여 주었다. 민태는 승민이 서너 시간 동안 선생인 지은 옆에서 나름의 차분한 평정심을 유지하는 모습이 마냥 신기하기만 했다. 혹시 이런 현상이 하늘에 있는 아내가 원하는 간절한 마음의 발로가 아닐까 하는 생각마저 얼핏 들게 할 정도였다.

여하튼 가장 바라던 승민의 안정감을 이곳 공동체에서 얻게 되어 그랬는지, 민태에게 이곳 공동체에서의 한 달은 아내를 잃은 상실과 슬픔을 미룰 수 있는 시간임에 틀림없었다. 그리고 또 새로운 한 달을 맞이하고, 또 한 달, 이런 식으로 시간이 흐르면 상처도 아물고 새로운 미래를 설계할 수 있을 것만 같았다. 강민이 아픈 손가락처럼 민태의 마음에 소용돌이처럼 맴도는 것을 제외하면 그랬다.

16

"이야기 좀 하자. 아니, 대화라고 말해도 좋겠네."

"대화는 무슨 대화."

"정강민. 너 자꾸 왜 이래?"

"자꾸 왜 이러긴. 내가 뭘 어쨌다고."

"전반적인 네 태도를 말하는 거야. 왜 자꾸 어긋나냐고."

"아빠."

"그래 말해."

"그렇게 추상적으로 말하지 말고 핵심을 말해."

찌르듯이 말해 감정부터 먼저 상하는 단점이 있었지만 강민의 말을 그의 아버지 민태는 신경 쓰지 않을 수 없었다. 전형적인 반응일 수도 있지만 언제부터인가 민태와 강민 사이엔 대화가 거의 사라졌다. 대화는 고사하고 서로 얼굴 보는 시간조차 많지 않은 게 사실이었다. 공동체 생활을 하면 삼시 세끼를 한 공간에서 먹으며 무엇보다 얼굴 보는 일이 많아질 것이라고 생각했는데, 전혀 예상 밖이었다. 강민은 식사 시간에도 1층 식당에 얼굴을 보이지 않았다. 대안학교라고 해도 엄연히 수업 시간이 정해져 있는데 수업에서도 강민을 볼 수 없었다. 강민은 공동체의 규칙을 거의 상습적으로 어기면서 외출을 감행했다. 용돈 한 번 제대로 쥐어 준 적 없고, 지난 학교에서도 친한 친구가 거의 없는 걸 아는 민태로선 강민이 어디서 무얼 하며 시간을 보내는지 궁금하고 초조했다.

그렇게 한 달을 지내고 또 보름이 지난 어느 평일 저녁, 김지호와 함께 공동체 식구를 먹일 식재료를 대형 할인점에서 구매하고 돌아오는 길에 민태는 강민을 발견했다. 저녁 10시가 넘은 어둑한 시간, 여전히 시골 느낌을 지워 내지 못한 3층 전원주택 뒷담 오솔길에 홀로 서 있는 강민을 발견할 수 있었던 건 그가 피우고 있던 담배 연기 때문이었다. 김지호가 먼저 1층으로 들어간 뒤 혼자 남은 민태는 강민 앞에 침묵으로 다가갔다. 별다른 말을 하진 않았다. 그저 무거운 침묵으로 강민을 바라볼 뿐이었다. 강민은 그 어둠 속에서도 숨 막히는 공동체 공간의 갑갑함을 강하게 표현하는 듯했다. 입에서는 뗐지만, 손에는 여전히 쥐고 있는 불붙은 담배의 끝이 바스락거리는 낙엽 밟히는 소리처럼 조용히 꺼져 가며 둘 사이의 칠흑 같은 어둠을 밝혔다.

"유 목사님이 매주 널 위해 기도한다고 했어. 강민이 네
가 이곳에 잘 정착했으면 좋겠다고."

"내가 왜 그래야 하는데?"

"정강민."

"난 여기가 싫어."

"네가 하는 그 말이야말로 추상적이야. 여기가 싫은 이유
가 뭔지 구체적으로 말도 못하면서 무조건 싫다고 하면 어
떡해?"

"정말 끔찍한 게 한두 가지가 아니라 말을 안 해서 그렇
지."

"벌써…. 한 달하고도 절반이 지났어. 이젠 그만 속 썩이
고 적응해야지. 매일같이 어딜 그렇게 나가는데?"

"알 거 없어."

"넌 지금 고등학생 신분이야. 학교를 무단 결석해도 되는
거야?"

"어차피 정식 학교도 아닌데…. 결석하든 말든 상관없잖
아."

"뭐라고?"

"⋯."

"강민아. 일단 네 형을 돌봐 줄 수 있어야 하잖아. 여기로 오기 전부터 너, 별다른 불만 없이 그 일을 잘 해냈었잖아."

"별다른 불만 없이?"

"⋯."

"정말 그렇게 생각해? 정말 그렇게 생각하냐고?"

민태는 그 순간 더 이어 갈 말을 찾지 못했다. 강민을 꾸짖을 수 있는 질책의 권한도, 최소한의 명분도, 그 어느 것도 남아 있지 않은 기분이었다. 민태가 대답을 망설이자 강민이 짧지만 자신이 내내 품고 있던 마음에 담아 둔 말을 게워 내듯 말했다.

"아빠."

"말해."

"엄마는 그렇게 말하지 않았어."

"강민아. 엄마는 이제 우리 곁에 없어. 그러니, 네가 더 잘 해야지."

"엄마도 우리에게 없는데, 그런데 왜 나한테만 형 돌보는 걸 강요해?"

"…."

"여긴 학교도 아니고, 교회도 아니야. 아무것도 아니라고. 그런데 내가 여기서 뭘 할 수 있을 거라고 생각해?"

"다 알아. 알겠는데."

"그런데?"

"다 알아도, 그래도 난 강민이 네가 이곳 생활에 적응했으면 좋겠어."

"왜?"

"왜냐고? 우린 가족이기 때문이야. 원하든 원치 않든 묶여 버린 운명 공동체."

"아빠. 묶여 버리는 건 공동체가 아니야."

"…."

"서로가 서로에게 뭐든 강요하고 강요당해야 한다면 그건 아무것도 아닌 거야."

강민의 손에 쥐어져 있던 담배의 끝, 붉은 불씨는 어느새 사라져 버렸다. 신기할 정도로 담배 연기가 나지 않았다. 민태는 더 말하고 싶었지만 어디서부터 어떻게 말해야 할지 답을 찾지 못한 채로 그 자리 그대로 서 있었다. 그사이 강민은 짧은 한숨과 짧은 한마디를 남기고 공동체 건물 안으로 들어섰다.

"형이 여기 와서 안정적이라고 생각해?"
"그게…. 무슨 말이야?"
"잘 지켜봐. 조용하다고 다 좋은 게 아니야."

건물 안으로 들어섰다고 생각했는데, 민태의 생각과 다르게 강민은 건물로 들어서지 않았다. 그때 민태의 시선에 들어온 건 건물 안으로 들어서지 않는 강민의 뒷모습이 아닌 공동체 전원주택 2층, 아들 승민이 잠들어 있을 학생들의 방 창문이었다. 여덟 개 남짓 가지런히 정리되어 있는 2층의 여닫이 창문 중 복도 끝에 있는 창문이 활짝 열려 있었다. 7시쯤에 저녁을 먹고 9시만 되면 어김없이 2층의 불은 일제히 꺼지고 창문은 굳게 닫혔다. 민태가 이곳에 지내던 동안 내내 깨지지 않던 규칙이었다. 하지만 민태는 그 규칙이 어쩌면 규칙을 정해 놓고 그 규칙을 자신이 원하는 다른 규칙에 따라 조율하는 누군가에 의해 지배당하고 있을지도 모른다는 생각이 퍼뜩 들었다. 2층을 지배하는 규칙의 지배자인 대안학교 선생 유지은, 활짝 열린 창문 너머로 지금 그녀가 보였다. 도심지와는 사뭇 다르게 가로등 불빛 하나 제대로 찾을 수 없는 거의 어둠뿐인 전원주택의 2층 창문 너머로 보이는 지은을 본 민태는 그녀가 사선으로 내려다보이는 곳, 공동체 주택 전문 틈새에 서 있던 자신과 강민을 내내 관찰하듯 보고 있었다는 직감을 받았다.

지은은 민태가 고개를 들어 열린 창문 너머로, 비록 어둡지만 선명히 발각되듯 보이는 자신을 의식했다는 걸 모르지 않았음에도 민태로부터 시선을 떼거나 외면하지 않았다. 갑자기 현장을 들켜 버린 부적절한 행위를 저지른 사람처럼 창문을 함부로 닫지도 않았다. 냉정하리만치 차분한 침묵과 어떤 돌발 행위가 벌어져도 이상하지 않을 듯한 서늘한 긴장감을 품은 채로 지은은 민태, 그 아버지와 잠시나마 아프고 격렬하게 부딪혔던 강민, 두 사람을 지켜보고 있었다.

그리고 그 순간, 민태는 기억했다. 취침 점호가 이미 끝나 버린 2층 복도의 마지막 방엔 자신의 진짜 아픈 손가락인 승민이 있다는 걸. 민태는 어지러운 마음 상태를 회복할 길 없는 혼란 속에서 풀리지 않는 질문을 남겼다.

"왜 승민이 방에 아직도…?"

17

그 질문을 끌어안고 3층, 자신의 숙소로 돌아와 침대에 누운 민태였다. 쉽게 잠이 오지 않았다. 시간을 확인했을 때는 차라리 밤을 새우는 게 더 나을 것 같다는 생각이 들 정도로 늦은 시간이었다. 새벽 2시가 훨씬 넘는 시간이 되도록 민태는 잠들지 못했다. 저녁 10시에 만났지만 바로 공동체 주택으로 들어서지 않은 강민이 복귀했는지도 궁금했다. 하지만 더 궁금한 건 따로 있었다. 2층의 불 꺼진 복도의 끝 방에 있던 유지은이 지금도 거기에 있을지.

민태가 한동안 서로에게 묶이듯 붙잡혀 있던 시선을 떼고 공동체 주택 안으로 들어올 때였다. 금방이라도 부서질 듯 바스락거리는 낙엽 소리 같은 것이 발을 디딜 때마다 어김없이 들려오는 나무 계단을 밟고 2층에 들어섰을 때, 민태는 조심스럽게 2층 복도를 향해 고개를 돌렸다. 복도 불 역시 어김없이 꺼져 있었다. 방문이 열려 있지도 않았다. 2층 복도의 끝엔 천장에까지 다다를 만큼의 압도적 높이를 과시하는 거울이 부착되어 있었고, 야간의 희미하고 어슴푸레한 달빛에 스치듯 드러나는 민태 자신의 실루엣이 설핏 보이는 게 전부였다. 그리고 무엇보다 2층은 고요했다. 열 명 남짓한 학생이 함께 모여 잠든 일종의 기숙사 구실을 하는 공간의 특성치고는 비정상적일 정도로 고요했다.

　그 고요함이 가져다주는 알 수 없는 불안이 민태를 여전히 잠들지 못하게 만들었는지도 모른다. 쉽게 잠들지 못하는 불면의 밤을 보낼지도 모르겠다는 생각에 누웠던 자신의 몸을 일으켜 침대에서 일어났을 때였다. 민태가 상체를 일으키고 침대에서 일어나 벽에 등을 기댄 그 순간, 한 남자의 신음이 들렸다. 신음일까. 중얼거림일까. 알 수 없는 소리였지만 그 소리는 절박하고 끔찍했다. 비명이라고 했지만 모여 있는 공동체를 갑자기 깨울 만큼 큰소리는 아니었다. 소리가 들리자마자 민태는 자리에서 일어났다. 그리고 문을 열고 복도로 나섰다. 3층 복도로 나오자 소리는 비교적 수월하고 절박하게 민태의 청각을 사로잡았다. 남자의 신음은 예정된 것처럼 민태의 시선을 유형식의 방으로 향하게 했다. 불이 켜져 있어 바닥으로 빛이 스며든 유형식의 방에서 신음이 들렸고, 그 신음의 실체는 곧바로 가감 없이 민태에게 그 끔찍한 민낯을 드러냈다.

유형식은 바닥에 엎드려 있었다. 고개를 처박고 무릎을 꿇은 채로. 보기에 따라선 겟세마네 동산에서 기도하는 예수의 모습처럼 간절하고 처절해 보였다. 머리를 박은 채 이따금 주먹으로 바닥을 내려치며 자신에게 주어진 천형의 처형과 같은 고통을 호소했다. 고개를 처박았지만 경련하듯 흔들리는 그의 노출된 얼굴은 붉게 상기되어 있었고, 반쯤 벌어진 입에선 핏빛을 머금은 타액이 흘러내렸다.

유형식이 잠시 신음을 멈추고 고개를 들었을 때는 순식간에 다가온 민태가 자신을 끌어안았을 때였다. 민태는 순간 유형식의 핏발 선 채 경련하는 두 흰자위를 보았다. 그리고 초로의 남자가 가늠 불가한 공포에 사로잡혀 유아적인 칭얼거림에 가까운 신음을 쏟아 내는 걸 보면서 죽음의 징후를 감지했다. 아니, 죽음의 냄새를 맡았다고 말하는 게 더 분명할지도 모르겠다. 유형식은 엄습한 죽음의 공포 앞에서 죽고 싶지 않다고 애원하는 초로의 아이였다. 민태의 품에 안긴 채 살려 달라고 발작하는 아이의 처절함, 그 이상도 이하도 아니었다. 민태가 보기엔 분명 그랬다. 그리고 그 순간 민태의 마음은 해명할 길 없는 유형식을 향한 실망에 사로잡혔다. 그건 해명할 길 없는 실망과 허탈감이었다. 유형식도, 공동체도 모두 나약한 인간이 모여 사는 집단이었기에 지금의 유형식이 보여 주는 반응을 당연하게 여겨야 했다. 하지만 어떤 기대의 좌절이라고 해야 할까. 민태는 유형식의 떨리는 몸을 보며 전혀 다른 의미에서의 실망을 느껴야 했다. 그건 몸의 고통을 두려워하는 죽음의 전율과는 다른 의미가 담겨 있을 거라는 섬뜩한 짐작을 안겨 주었다.

해명할 길 없는 찰나의 의문을 남긴 채 유형식의 고통은 민태가 아닌 다른 이, 곧 유형식의 수족과 같은 김지호에게로 넘어갔다. 잠깐 잠든 탓에 유형식의 고통을 민태보다 늦게 알았다는 게 엄청난 죄책감으로 내려앉았는지 김지호는 호들갑에 가까운 다소 과잉된 행동을 보여 주며 유형식을 둘러업었다. 그리고 민태에게 운전을 부탁했다. 거친 숨소리를 주고받으며 밖으로 나와 생협 봉고차에 유형식을 태운 뒤에야 민태가 물었다.

"지금 이게 무슨 상황이죠?"

"별 게 아니라면 아니고, 심각하다면 심각한 상황이죠. 즉시 응급실로 가야 합니다."

"즉시 응급실에 가야 할 정도면 심각한 상황 아닌가요?"

"말기 암 환자라는 유 목사님의 특별한 상황을 고려하면 심각한 게 아니라 일상적인 고통으로 봐야 하겠죠."

"…."

"문제는 그 일상적 고통이 우리 건강하고 평범한 사람들한텐 지옥 불구덩이를 경험할 만큼의 고통이란 점이겠네요."

김지호의 설명을 듣고 난 뒤, 민태는 다급한 발짓으로 액셀러레이터를 밟는 와중에도 룸미러로 뒷좌석에 앉은 유형식을 살폈다. 그의 신음과 발버둥은 점점 더 심해졌다. 하지만 기이했다. 기이하다는 표현 말고는 다른 표현이 민태에 겐 떠오르지 않았다. 과잉된 표현이긴 했지만, 김지호가 말한 대로 지옥 불구덩이를 체험하는 수준의 고통일 거란 짐작으로 쳐다보면 볼수록 민태는 유형식의 고통이 실망스럽게 다가왔다. 무엇이 어떻게 실망스러운 건지는 여전히 미궁 속이었지만.

18

가만히, 조심스럽게 유형식의 누워 있는 모습을 살폈다.

별다르게, 혹은 유난하게 병구완을 하는 건 아니었다. 또한 중환자실이라고 했지만 보호자가 들어가지 못하는 접근 금지 구역은 아니었다. 경기도 북부에 자리 잡은 한가로운 3급 병원이어서 그런지 중환자실로 명패를 붙여 놓긴 했지만 유형식 말고는 다른 중환자가 없었다. 간호사와 주치의도 유형식을 알고 있었는지, 김지호가 응급실로 유형식을 데리고 들어섰을 때, 김지호가 별다른 증세나 상황을 말하지 않았는데도 알아서 인공호흡기를 대고 약물을 투여하는 등 응급 처방을 시행했다.

응급 처방을 시행했지만 유형식의 증세는 호전되지 않았다. 중요한 건 그 부분이었다. 아무리 마약성 진통제를 처방했다고는 하지만 유형식의 비명과 애끓는 통증의 호소는 가라앉지 않았다. 곁에 서 있는 사람의 고막을 찢을 듯한 유형식의 비명은 초로의 남자가 외칠 수 있는 거의 최악의 고통 호소와 다를 바 없었다. 김지호는 이 모든 과정을 알고 있다는 듯 무심한 표정으로 유형식의 응급 절차를 마친 뒤 돌아가고자 했다. 정민태가 그런 김지호를 가로막았다.

"더 기다려야 하는 거 아닌가요?"

"오히려 이런 경우는 안심해도 좋은 상황이에요."

"저렇게 고통스러워하시는데….."

"통증을 호소한다는 건 그만큼 감각이 살아 있다는 거니까요."

"그게…. 그럴 수도 있겠군요."

"분명한 사실을 알려 드릴까요?"

"뭐죠?"

"오늘 밤 우리가 할 수 있는 일은 없습니다. 아무리 강한 마약성이 있는 진통제를 투여한다 해도 지금보다 아주 약간의 통증 경감이 있을 뿐이에요."

"그러면요?"

"하룻밤은 지나야 합니다. 지금은 저렇게 괴로워하시지만…. 신비로울 정도로 새벽 여명이 떠오르면 언제 그랬느냐는 듯 조용해지면서 주무실 겁니다."

"…."

"그렇게 한숨 주무시면 다시 일상으로 복귀할 수 있으실 겁니다. 그전까진 중환자실에서 온전히 혼자만의 지옥을 감당하셔야 합니다."

"그래서 돌아가 있겠다는 건가요?"

"아니면…. 여기 그대로 계시겠습니까?"

오히려 김지호가 난처하다는 눈빛으로 정민태를 바라보며 반문했다. 그사이에도 둘이 서 있는 중환자실 앞 복도까지 유리잔이 산산조각 나는 듯한 비명이 들려왔다. 다른 누구도 아닌 유형식이었다. 민태는 중환자실을 향해 반사적으로 고개를 돌리며 답했다.

"기다리겠습니다. 중환자실에 환자를 놓고 돌아가는 건 좀 아닌 것 같아서요."

"그럼, 그렇게 하시죠. 그렇게 해서 목사님 마음의 죄책감을 덜 수 있다면 그렇게 하는 것도 방법이겠네요."

무슨 뜻일까. 김지호의 말끝에 서리처럼 섞여 든 죄책감이란 단어가 민태의 마음과 머릿속을 가시처럼 파고들었다.

오래전, 민태는 유형식의 대중 설교를 들어 본 적이 있다. 기독교란 종교가 내세우는 가장 화려하고도 중요한 절기인 부활절 때 교단 연합으로 주최된 자리에서 유형식이 설파했던 대중 설교, 그 내용 중 민태는 타인의 고통을 그저 지켜보는 것도 타인에게 말할 수 없는 위로가 될 수 있다는 식의 말을 했던 것을 비교적 선명히 기억해 냈다. 하지만 그 기억이 민태에게 유형식과 그 끔찍한 고통의 밤을 함께 하도록 이끌었다고 보긴 어려울 것이다.

또한 시간이 흐를수록 민태는 유형식의 그 설교 속 파편처럼, 때론 비수처럼 와 박힌 확신, 타인의 고통을 그저 지켜보는 게 위로가 된다는 말이 처참한 거짓말이란 사실을 실감해야 했다. 거짓말이 아니면 이럴 수가 없다는 마음의 탄식이 절로 터져 나왔다.

유형식과 민태, 그렇게 단둘이 남은 중환자실, 당직 간호사조차 보이지 않는 빈 곳에서 진통제를 투여한 링거가 어느새 바닥을 드러내고 있었다. 시간을 확인해 보니 새벽 3시를 넘어가고 있었다. 그때가 되어서도 유형식은 온몸을 이리저리 뒤척이고 뒹굴며 끔찍한 고통을 호소했다. 그리고 민태는 어느 순간부터 무감각하게 유형식의 비명과 고통 속에 빠진 비탄한 상황을 단지 침묵으로만 지켜봤다. 처음 유형식의 고통을 직시할 때는 두 손을 부여잡고 기도도 해 보고 안타까워도 해 보고, 무슨 말이라도 꺼내 그에게 말을 걸어 보기도 했다. 안타까움과 탄식, 고통의 연대를 적어도 민태가 중환자실에 들어서고 2시간 정도는 지속할 수 있었다. 하지만 시간은 잔인했다. 새벽 3시에서 4시로 넘어갈 즈음, 민태는 자신도 모르게 멍하니 의자에 앉아 하품을 하고 있었다. 침대 위에서 한없이 괴로워하며 발버둥 치는 유형식의 광기에 가까운 고통은 전혀 변한 게 없었다. 오히려 그 비명은 시간이 갈수록 더 잔인한 수준으로 증폭될 뿐이었다. 하지만 민태는 하품이 나왔다. 그리고 지루했다. 어떤 측면에서는 허탈하기까지 했다. 자신에게 주어진 고통을 견디지 못하고 금방이라도 투정을 부릴 것 같이 발작을 일으키는 유형식의 유약한 모습을 지켜보고 있으면 있을수록 타인의 고통에 관한 연대, 공감과는 전혀 다른 지루함이 민태를 사로잡았다.

해선 안 되는 생각이었지만 3시간이 넘게 고통의 농도가 잦아들지 않고 여전히 지속하는 모습을 지켜보던 민태는 유형식이 한심해 보이기까지 했다. 고통 앞에서 단숨에 먹이를 낚아채지 못한 어린아이의 보채는 모습을 연출하는 유형식을 지켜보며, 저런 식의 고통이 반복된다면, 그리고 저 고통을 넘어서지도 못하고 한없이 비굴하고 비참하게 고통의 그물에 얽혀 버린다면, 그 고통의 무게에 짓눌리는 길보다는 다른 길을 택하는 게 오히려 정당하지 않겠냐는 울분에 가까운 짜증과 지루함이 민태의 시야와 감정을 무정하게 사로잡았다.

그것은 명백한 양가감정이었다. 유형식의 고통을 보며

말기 암 환자의 발작에 가까운 통증이 얼마나 깊고 치명적인 것인지 헤아리는 공감대와 그 고통의 지속을 지루한 것으로 취급하는 감정, 그 두 가지 감정은 결코 피할 수 없는 뚜렷한 비중으로 민태를 사로잡았다. 민태는 이 양가감정이 공존하는 자신을 보며 스스로 아연실색했다. 그래서일까. 김지호가 말한 대로 새벽 여명이 떠오르는 시간대가 되어서야 잦아드는 유형식의 고통과 일그러진 얼굴을 뒤로한 채 민태는 중환자실을 벗어날 수 있었다.

19

한바탕 생사를 오가는 교전을 벌인 듯한 느낌으로 민태는 돌아왔다. 돌아가는 왕복 비용이라도 챙겨 줘야 하는 거 아니냐며 투덜거리는 택시를 타고 선한 사람들의 공동체 건물 앞에 멈춰 섰을 때는 이미 새벽 여명의 차원을 넘어

선연하게 주변 사물의 식별이 가능한 상황이었다. 물론 습도가 유난히 높은 경기 북부 지역답게 새벽 안개가 물웅덩이처럼 공동체 건물을 휘감고 있었다. 입구에 누군가 자박거리는 걸음 소리를 내도 못 알아볼 정도로 짙은 안개가 건물 곳곳에 스며들어 있는 건, 비교적 또렷한 의지를 가지고 사물의 선연한 식별을 기대할 수 있는 상태와는 다른 느낌을 선사해 주었다.

민태는 지쳤다. 유형식의 비명을 온몸으로 받아 낸 기분은 그야말로 전혀 성스럽지 않았고 타인의 고통과 관련한 깊은 유대감을 품은 것과도 전혀 거리가 멀었다. 오히려 지루하고 어서 빨리 이 무의미한 시간이 휘발되기만을 바라는 조급한 마음이 덧없이 뒤섞일 뿐이었다.

서둘러 숙소로 들어가고 싶던 민태가 현관에서 멈추어 섰다. 대단한 의지로 멈춰 선 게 아니었다. 현관 앞마당에 있는, 희뿌연 안개에 사로잡힌 간이 수영장에서 첨벙거리는 소리가 들린 탓이었다. 민태를 현관문 손잡이 앞에서 멈추어 서게 한 그 소리, 돌이켜 보면 한 번도 이 새벽에 낡고 녹슨, 거의 한 번도 제대로 사용해 본 적이 없을 것 같은 마당에 자리 잡은 수영장에 푸르른 물이 채워져 있다는 것 자체가 이해할 수 없는 상황이다. 그랬기에 민태는 아무 생각 없이 문을 열고 들어서려 했던 동작을 멈추고 몸을 돌려 수영장 쪽을 바라볼 수밖에 없었다.

그리고 한동안 민태는 그대로 서 있어야 했다. 더 다가가지도 못하고, 그렇다고 물러서지도 못했다. 주저앉을 수도 없었고, 유형식처럼 비명을 지를 수도 없었다. 여전히 자욱한 안개를 걷어 내고 더 또렷하게 이 상황을 지켜보고 싶었지만 그럴 용기도 쉽게 내지 못했다.

늘늘고 오래된 수영장엔 승민이 서 있었다. 승민은 아무것도 입지 않았다. 골반에까지 푸른 빛을 머금은 물이 차올라 있었다. 승민은 선 채로 아무것도 하지 않았다. 자신을 황망한 표정으로 쳐다보는 민태의 시선을 전혀 피하지 않고 할퀴듯 노려볼 뿐이었다. 민태가 승민에게서 눈을 뗄 수 없었던 건 단지 승민이 벗은 몸으로 이 새벽 5시경에 수영장에 나온 그 황당한 상황 때문만은 아니었다. 민태의 눈빛이 점점 두렵고 공포에 파묻히는 눈빛으로 굳어 간 결정적이유는 승민 옆에 있는 또 다른 한 존재의 모습 때문이었다. 옷이 험하게 찢겨 나간 채로, 차마 이런 일은 결코 일어나선 안 된다는 끔찍한 사태를 목격한 눈빛으로, 승민과 마찬가지로 호소하듯 민태를 바라보던 그녀. 승민의 담임교사를 자처한 지은을 보았기 때문이다.

푸르고 녹슨 물빛이 출렁이는 수영장에 둘은 함께 있었다. 승민은 팬티 하나 걸치지 않은 알몸 차림으로, 지은은 몸에 걸치고 있던 모든 옷이 험악하게 찢겨 나간 상태로.

20

불쾌하다고밖에 말할 수 없는 잔상이 민태의 눈앞에 어른거렸다. 다 큰 아들의 알몸을 아버지가 볼 수 있는 경우는 얼마든지 있다. 아들과 아버지가 함께 목욕탕에 갈 수도 있고, 더운 여름에 탈의를 하던 중 아들의 벗은 몸을 볼 수도 있다. 더욱이 자폐를 앓고 있는 발달 장애인 승민의 벗은 몸을 보는 건 일상적인 일이었다. 의사 표현을 제대로 하지 못하는 답답함에 승민은 주로 잠수를 함으로써 자신

의 감정을 표출했다. 빈번히 시위하듯 옷을 벗고 민태에게
자신의 심정을 토로했다. 그랬기에 승민의 벗은 몸을 보는
건 마냥 어색한 일이 아니었다.

하지만 지금의 상황은 달랐다. 옆에 한 여자, 그것도 24
시간 함께하며 승민과 같은 발달 장애인을 돌봐 주던 선생
이 함께 있다. 그것도 옷이 다 찢어진 채로.

가만히 지은을 살펴보던 민태의 시선에 더 참혹한 흔적
들이 들어왔다. 오른쪽 볼과 목 부위, 빗장뼈와 팔목과 같
은 부위에 사정없이 파고든 푸른 멍 자국이나 무례할 정도
로 붉게 번져 오른 생채기가 보였다. 지은의 몸에 난 상처
를 확인하자마자 민태의 시선이 승민에게로 향했다. 더 정
확히 표현하면 승민의 두 손이었을 것이다.

승민은 주먹을 불끈 쥐고 있었다. 조금이라도 수틀리면
담아 두었던 화를 폭발시킬 것 같은 긴박한 위기감이 느껴
졌다. 하지만 위협을 느끼는 민태의 심정과 다르게 승민의
표정은 더없이 무구했다. 물에 흠뻑 젖은 승민의 알몸과 그
의 표정은 더없이 평화로워 보였다. 그 현상이 민태를 더욱
불편하게 했다. 지금 상황은 전혀 평화롭지 않다. 새벽, 공
동체 앞마당에 자리 잡은 작은 수영장, 그 수영장에 난데없

이 채워진 푸르른 물빛, 그 수영장에 나란히 서 있는 숨소리만 들리는 미동도 하지 않는 두 남녀. 더욱이 여성의 몸은 아로새겨진 성폭행의 정황을 지나칠 정도로 분명하게 호소하고 있었다.

아주 잠시 이 둘의 모습을 무방비 상태로 바라보던 민태가 곧 정신을 차린 뒤 수영장 안으로 달려들었다. 그리고 자신도 모르게 승민의 목을 거칠게 붙잡았다. 순간 승민이 외마디 비명을 질렀다. 민태는 아랑곳하지 않았다. 지금 이 순간만큼은 아들이란 생각이 들지 않았다. 욕정에 사로잡힌 짐승처럼 느껴졌다. 강하게 저항하는 승민의 몸을 제압하기 위해 민태는 어쩔 수 없는 물리력을 사용했다. 소동이 벌어졌다. 물이 흘러넘쳤고 승민의 비명은 어느새 괴성에 가까운 울음소리로 돌변했다. 고인 물이 두 남자의 발작에 가까운 몸짓으로 인해 튀어 오르기 시작했다. 그 와중에 민태는 연신 지은을 바라봤다. 지은은 움직이지 않았다. 몸에 난 생채기를, 험악하게 찢겨 나간 옷을 갖춰 입을 엄두도 내지 않았다. 그래서일까. 민태는 더 난처하고 절박했다. 어서 빨리 승민의 알몸을, 그 붉게 달아오른 성기를 지은의 시야에서 격리하고 싶었다. 하지만 승민은 한사코 물러서지 않았다. 괴성을 지르며 새벽을 깨웠다. 민태의 온몸에 식은땀과 물빛이 험악하게 뒤엉켰다. 새벽의 고요를 찢는 승민의 괴성 탓에 공동체 주택의 불이 빠른 속도로 켜졌다. 얼마 지나지 않아 현관문이 그대로 열렸고, 공동체 일원들이 밖으로 나와 이 참극을 목격했다. 김지호도 밖으로 나왔다. 다행이라고 해야 할지 승민의 동생 강민은 열린 현관문 너머로 모습을 드러내지 않았다. 민태는 절망했다. 울고 싶었다. 사람들이 승민의 벗은 몸을 흉물스럽고 끔찍하게 지켜보았기 때문이다. 야속하게도 지은은 자신의 몸을 가리거나 피하지 않았다. 수영장, 승민과 민태의 몸 바로 옆에 미동도 하지 않은 채 서 있었다.

그리고 잠시 후 구급차 한 대가 공동체 주택 앞에 도착했다. 공동체 일원의 시선이 자연스럽게 구급차가 있는 곳으로 향했다. 차는 시동을 켜 놓은 채 한참을 문 앞에 정차해 있었다. 구급차 안에서 누군가 차창을 통해 수영장에서 벌어진 이 민망한 참극을 숨죽여 지켜보는 듯했다. 민태는 차 안에 있는 이가 누군지 말하지 않아도 알 수 있었다.

구급차에서는 아무도 내리지 않았다. 차마 보고 싶지 않다는 시위 정도로 봐야 할까. 승민의 목을 움켜쥔 민태의 손의 아귀힘이 절로 풀렸다. 민태의 힘이 풀리자 동시에 승민의 울음소리도 잦아들었다. 그 순간 구급차가 도착한 걸 확인한 지은도 민태와 같은 마음이었는지, 그녀는 날카롭게 구급차를 노려보았다. 지은은 노려보면서 자신의 찢긴 몸을 가리는 시늉을 했다. 수치스럽고 역겹다는 듯한 경멸의 시선이 느껴졌다. 하지만 그 시선의 당사자는 승민이 아니었다. 구급차 안에 있는 그였다. 몇 시간 전까지만 해도 고통을 이기지 못하고 몸을 이리저리 뒹굴며 난폭하게 괴로워하던 유형식이 사전에 약속이라도 한 듯, 새벽 수영장의 참극을 목격하기 위해 도착한 것이다. 지은은 시위라도 하듯 구급차 속, 그로 추정되는 누군가를 노려봤다. 구급차의 누군가는 한사코 차 밖으로 나오지 않았다.

　사건이 발생한 건 금요일 밤이었다. 민태는 토요일 하루를 어떻게 보냈는지, 시간이 어떻게 흘러갔는지 가늠조차 할 수 없었다. 종일 온통 둔기에 얻어맞은 듯한 강력한 통증이 내내 머리를 사로잡았다.

　토요일 하루 동안 민태는 2층 승민의 방에서 시간을 보냈다. 문을 잠그고 승민을 절대 밖으로 나가지 못하게 했다. 하루치 먹을 식사를 준비했고, 소변과 같은 생리 작용도 방에서 해결할 수 있도록 했다. 그렇게 승민을 바라보면서 민태는 생각을 정리했다. 앞으로 뭘 어떻게 해야 할지, 서둘러 수습하려는 방향으로 실마리를 잡고 싶었다. 하지만 생각하면 할수록 민태의 머릿속은 더 시커먼 어둠, 블랙홀 속으로 빨려 들어가는 것 같았다. 승민이 아무리 자폐라 해도 자신을 가르치는 학교의 선생을 성폭행할 거라고는 전혀 상상해 본 적이 없었다. 그랬기에 그 막막함은 더했다.

　하지만 아무리 막막하다 해도 이 상황을 피해 갈 수 없었다. 승민의 민망하게 흘러내린 팬티 너머로 보이는 그의 달아오른 성기를 보는 순간부터 이 끔찍한 비극을 민태는 어떻게든 갈무리하고 싶었다. 그렇지 않고선 견딜 수 없을 것 같았기 때문이다.

수영장에서 가까스로 빠져나온 승민은 그 시간 이후로 탈진하듯 잠들었다. 전투적인 수면에 가까웠다. 배가 고플 만도 했지만 침대에 누운 뒤로 반나절이 넘도록 일어나지 않았다. 민태는 코도 골지 않고 벽을 향해 돌아 누운 승민을 내내 불안한 눈길로 지켜봤다. 하지만 승민이 다른 변화를 보인 건 아니었다. 단지 잠들었을 뿐이었다. 민태의 생각속에서 한 가지 문장이 자연스럽게 맴돌 정도로 승민은 깊은 잠에 빠진 듯했다.

'사람 하나 지옥에 던져 놓고도 정말 평화롭게 잠들었어.'

민태의 탄성과도 같은 독백은 진실이었다. 반나절이 지나고서야 일어난 승민은 그제야 배가 고픈 듯 먹을 것을 찾았고 아버지 민태가 준비해 준 밥을 말없이 먹기 시작했다.

조용히 밥을 먹는 승민의 모습엔 어떤 감정의 변화도, 상황 인지에 따른 긴장도 찾아볼 수 없었다. 민태는 언제나 똑같은 하루하루를 맞이하는 무감각의 동물을 바라보듯 승민을 지켜봤다. 승민은 자신의 아버지 민태가 내내 자신을 지켜보는 것에도, 방뇨하기 위해 문을 열었지만 문이 잠겨 있어 요강에 실례해야 할 때도 아무 반응을 보이지 않았다. 승민에겐 그저 무심한 일상이었다.

공동체 내부는 끔찍할 정도로 심각하고 고요했다. 보통의 날이라면 복도를 오가는 사람들의 소리, 학생들 소리, 식사 시간을 알리는 벨 소리, 찬송가를 즐겨 부르는 40대 여자 집사의 찬양이 들려야 정상이었다. 그렇지만 이 토요일은 달랐다. 온종일 공동체 건물은 조용했다. 민태는 그 침묵이 미치도록 두려웠다. 공동체의 모든 이가 수영장에서 승민이 벌인 끔찍한 일을 모르지 않는다. 어떻게 알고 현장을 찾았는지 지금도 여전히 오리무중이지만 새벽에 구급차까지 대동해 기어이 현장을 목격한 유형식까지 조용했다. 민태는 이 고요가 갑갑했고 섬뜩했다. 할 수만 있다면, 성폭행 사건의 피해자에게 찾아가 가해자의 아버지 처지에서 뭐라도 하고 싶었다. 하지만 그 불안은 낯선 침묵과 함께 지속되었다.

늦은 오후가 되면서 민태는 외부 반응조차 민감하게 여겼다. 공동체의 누군가가 새벽 아침에 일어난 사고에 대해 신고하진 않았을지 내내 창밖 차 소리에 귀를 기울였다. 하지만 경찰차나 외부 차량이 오거나 하진 않았다. 누구도 새벽에 일어난 일에 대해 신고하거나 외부에 알린 것 같진 않았다.

그렇게 속절없이 시간이 흘러갈 줄 알았지만, 토요일 밤, 상황이 급변했다. 본래 일요일 밤에 예배라는 명분으로 감행하던 공동체 고백을 토요일 밤에 시행하겠다는 이야기가 들려왔다. 소식을 전한 것은 김지호였다. 무심하게 두어 번 승민이 앉아 있는 방문을 두드린 김지호는 조심스럽고 긴장한 표정으로 문을 열고 자신을 바라보는 민태에게 다음과 같이 통보하듯 말했다.

"유 목사님이 자리를 마련했네요."

"고백의 시간 말입니까?"

"네…."

"오늘의 자리, 어떤 의미를 가진 시간일까요?"

"어렵게 생각할 거 없어요. 당신의 덜떨어진 아들, 그 미친놈이 벌인 성범죄에 대한 해결책을 제시하실 겁니다."

"…."

"물론 관대한 방향일 겁니다. 그러니 빨리 나오시죠."

"…."

"아. 그전에."

"네?"

"당신 아들, 두 손을 묶어야겠는데."

"뭐요?"

"당연한 조치라고 생각하는데… 문제 있어요?"

김지호는 마치 당연하다는 듯 승민을 '덜떨어진 아들'로 격하해 불렀다. 사뭇 이전과는 달라진 태도였다. 하지만 민태는 그 말에 대해 아무 반박도 하지 못했다. 더 나아가 안전이란 명분을 내세워 승민의 두 손을 묶겠다는 제안에 대해서도 반발하지 못했다.

민태가 망설이는 동안 어느새 방 안으로 코를 막고 들어선 김지호는 준비해 둔 케이블 타이를 꺼내 승민의 두 손을 묶기 시작했다. 승민이 알 수 없는 신음을 내지르며 저항하려 했지만 김지호가 워낙 고압적인 태도로 밀어붙였기에 승민은 꼼짝하지 못하고 두 손을 내주어야 했다.

22

토요일 밤, 공동체 고백이 시작되었다. 장소는 1층이었다.

승민은 영문을 모르겠다는 표정을 지으며 1층 정중앙 자리에 있었다. 의자 하나가 놓여 있었는데 승민이 앉기엔 불안할 정도로 협소한 간이 의자였다. 공동체 일원들이 약속이라도 한 듯 1층으로 모습을 드러냈다. 발달 장애인 친구들도 예외 없이 내려왔다. 민태는 꼭 이렇게 해야 하나 싶은 마음으로 1층을 둘러봤다. 김지호를 비롯해 성인들도 함께 내려왔다. 강민은 보이지 않았지만 민태의 시선을 절로 찌푸리게 한 건 지은의 등장이었다.

지은은 아무 일도 없었다는 듯, 태연한 표정이었다. 지나칠 정도로 원색을 띠는 옷으로 갈아입고 늘 자신이 자리 잡고 앉던 1층 주방이 있는 곳으로 가 서 있었다. 민태가 난처한 표정과 눈길을 품은 채로 지은을 바라봤다. 누구보다 민망하고 어처구니없을 상황이었기에 지은이 이 자리에 있어야 한다는 게 당황스럽기만 했다. 하지만 지은은 피하지 않았다. 민태를 향한 시선도, 무엇보다 승민을 향한 시선도 피하지 않았다.

그때 민태는 승민이 어디를 향하고 있는지 살폈다. 자신의 몸보다 작은 의자에 앉아 어색해하던 승민은 민망할 정도로 또렷하게 지은을 바라봤다. 어떻게 지은을 저리 순수하고 아무 감정 없는 시선으로 바라볼 수 있는지 민태는 이해할 수 없었다. 민태가 이해할 수 없는 건 당연한 반응이었을 것이다. 승민의 심정이나 그가 품고 있는 진실을 이해할 수 있다고 믿는 것 자체가 모순일 테니까.

잠시 후, 1층 계단에서 누구의 부축도 받지 않고 유형식이 걸어 내려왔다. 민태는 전날 밤 자신이 보는 앞에서 옷을 거의 벗은 채 알몸 차림으로 몸부림치고 침을 흘리며 비명을 지르고 머리를 쥐어뜯으며 고통을 호소하던 유형식을 떠올렸다. 그때 보여 준 유형식의 나약한 모습과 지금의 유형식은 기가 막힐 정도로 달랐다. 그는 이전 어느 때보다도 강하고 심미적인 카리스마를 지닌 지도자의 모습을 하고 나타났다. 엄중하고 심각한 표정을 통해 현재 상황으로 인해 초래된 모순이 얼마나 끔찍한 것인지를 강조하려는 듯 보였다.

유형식이 초연한 가운데 무겁고 엄중한 침묵으로 공동체 일원을 둘러봤다. 유형식의 시선을 느낀 이들은 약속이라도 한 것처럼 고개를 숙이거나 그의 시선을 피했다. 의도적인 건 아니었지만 민태 역시 유형식을 똑바로 볼 수 없었다. 그의 눈빛이 가진 시선의 파고듦을 피하고 싶었던 탓이다.

다시 이어진 길고 깊은 침묵. 1층 정중앙 의자에 홀로 앉아 있는 승민의 표정이 점점 불안해지기 시작했다. 케이블타이에 꽁꽁 묶여 있는 결박 상태로 인해 내내 어색해하며 버둥거렸다. 어느새 승민의 얼굴과 목이 식은땀으로 흠뻑 젖어 들었다. 아버지 민태 역시 마찬가지였다. 할 수만 있다면 승민을 이 험악한 긴장으로부터 건져 올리고 싶었다. 그러고 싶었지만, 몸은 그의 의지와 다르게 차가운 밀랍 인형처럼 딱딱하게 굳어 있었다.

그렇게 속절없이 시간이 흐른 뒤 갑자기 유형식이 자리에서 일어섰다. 힘겹게 몸을 일으킨 뒤 골프채를 손에 쥐었다. 그 역시 약속된 의식과 같은 패턴이었을까. 김지호가 유형식이 일어서는 때에 맞춰 그에게 쥐여 준 것이다. 매우 낡고 녹슨 골프채였다. 공동체 일원 중 골프를 즐기는 사람을 상상하는 건 불가능에 가까웠다. 하루하루 원시에 가까운 자연주의 삶을 추구하는 이들, 발달 장애인 아이들과 장애를 갖지 않은 이들이 함께 어울려 대안학교를 꾸려 가고, 생협 물품을 생산하기 위해 아날로그에 가까운 방법으로 유기농 제품을 생산하는 공동체 일원 모두에게 골프를 즐긴다는 것은 사치로 여겨졌을 것이다.

그러므로 그 순간, 민태는 끔찍한 상상을 하지 않을 수 없었다. 그 골프채가 어떤 목적을 위해 준비되었는지 짐작하는 게 지나칠 정도로 단순했기 때문이다. 양손에 골프채를 움켜쥔 유형식은 그 마르고 퀭한 안광을 사정없이 중앙 의자에 앉아 있는 승민을 향해 쏜 뒤 일고의 망설임도 없이 승민을 향해 골프채를 휘두르기 시작했다. 자비란 없었다. 두 손이 묶인 승민은 한 대 얻어맞는 순간, 그 자리에 주저앉아 버렸고, 이윽고 짐승같이 목 놓아 울기 시작했다. 하지만 유형식은 망설이지 않고 한 대, 두 대, 석 대, 계속해서 언제 끝날지 모르는 단죄와 심판의 의식을 수행해 나갔다.

가진 힘을 전부 쏟아부어 승민의 몸을 향해 체벌을 가하던 유형식의 굳은 표정의 얼굴을 망연히 바라보던 민태는 자신도 모르게 탄식을 내뱉었다. 아들이 골프채로 얻어맞는 모습을 가만히 지켜보고만 있어야 하는, 여전히 전혀 몸을 움직이지 못하는 자신의 모습이 한스럽고 안타깝기만 했다. 얼마의 시간이 지났을까. 승민의 얼굴과 몸 곳곳에 피멍이 든 상흔이 선명하게 각인되기 시작했다. 골프채의 클럽 헤드가 분리될 지경에 이르러서야 체벌은 중단되었다. 민태는 두 눈을 부릅뜨고 승민이 체벌당하는 장면을 지켜봐야만 했다. 속으로 한없이 소리를 지르고 비명을 질렀다. 어떤 감정인지 알 수가 없었다. 아들을 체벌하는 공동체 수장을 향한 외침인지, 끔찍한 범죄를 저지른 아들에 대한 규탄인지 그 성격을 규정할 수 없었다. 범접할 수 없는 처절한 감정의 상흔만이 쌓인 채 민태는 어느 순간 그 자리에 그대로 주저앉아 버렸다. 유형식은 골프채를 바닥에 내던졌고 주저앉은 민태와 승민을 번갈아 보며 말문을 열었다.

"장애인이란 이유로 면죄부를 받을 수 있다 하더라도 쉽게 용서받아서는 안 되는 겁니다. 그게 뭐든지. 알아듣겠어요?"

누구를 위해, 누구에게 건넨 말일까. 승민은 아닐 것이다.

민태는 그저 멍하니 유형식의 말을 듣기만 했다. 유형식 역시 특별히 답을 기대한 게 아닌 듯 자신의 말을 이어 나갔다.

"이렇듯 죄는 더없이 순결할 것만 같은 우리 공동체에도 치명적이고 끔찍하게 스며들어 있어요. 그렇기에 한순간도 방심하면 안 됩니다. 단 한 순간도 말입니다."

잠시, 승민을 경멸하듯 내려다보던 유형식이 말을 이었다.

"공동체의 죄 처리는 공동체에서 마무리합니다. 세상 법정으로 끌고 가는 것처럼 어리석은 일은 없어요."

그 말이 곧 승민을 향한 이 가혹한 체벌의 결론이라는 걸 깨달았을 때, 민태의 시선은 반사적으로 지은이 있는 곳을 향했다. 성폭행의 피해자가 함께 있는 장소에서 심판과 결론을 내린 건 유형식이었다. 이 상황을 피해자는 어떻게 받아들이고 있을까. 알 수 없었다. 그녀의 표정이 어떤 마음을 표현하고 있는지 전혀 짐작할 수 없었다. 분노한 것인지, 허탈해하는 것인지, 아니면 아버지 유형식처럼 승민을 용서한 것인지, 그 어느 것도 확실하지 않았다. 단지 골프채로 체벌을 당한 승민의 신음만이 1층 공간을 가득 메우는 선명한 흔적의 전부였다.

23

그날 이후, 승민에게 내려진 공동체의 형벌은 일주일 동안 1층에서 시간 보내기였다. 그 기간에 승민은 2층 자신의 숙소로 돌아가지 못했고, 수업을 정식으로 듣지도 못했다. 평일 1층에서는 놀랍게도 수업이 지속되었다. 수업을 진행할 수 있는 선생은 유일했다. 지은이었다. 지은은 승민과 같은 공간에서 시간을 보내야 했지만 승민을 외면하지 않았다.

공동체 수장인 유형식이 내린 형벌은 민태가 보기엔 모순으로 가득했지만 받아들여야 했다. 일주일에 어떤 특별한 의미가 부여된 건지는 알 수 없지만 승민은 공동체 일원이라면 하루에 한 번은 반드시 마주할 수밖에 없는 1층 현관 앞에서 지내야 했다. 아버지 민태를 비롯해 공동체 사람들이 교대로 번갈아 가며 승민을 지켜봤다. 유형식의 형벌 이론엔 장애인과 비장애인의 구분이 존재하지 않는 듯했다. 자신의 요구가 충족되는 경우라면 조용히 있을 테지만 뭔가 기분에 맞지 않는 게 있으면 돌변해 이상 행동을 얼마든지 벌일 수 있는 승민이었다. 그런 상태의 승민이 일주일 내내 같은 장소에, 그것도 모든 사람이 보는 가운데 가만히 버티듯 있어야 한다는 건 경우에 따라선 승민 본인에게나 주위 사람들 모두에게 가혹한 처사였다.

저녁 식사 시간만 되어도 지은이 다른 자폐 학생들을 돌봐야 했기에 1층 식당으로 내려올 수밖에 없었고, 그때 현관문 앞에 서 있는 승민을 마주해야 했다. 다른 일도 아닌 성폭행 사건이었다. 그렇다면 경찰에 신고를 하든 최소한 피해자와 가해자의 분리가 우선되어야 하는 게 아닌가, 하는 생각이 민태의 마음을 무겁게 짓눌렀다. 하지만 자식을 신고하는 데 앞장설 수 없는 아버지 입장에선 현재 유형식의 결정을 받아들일 수밖에 없었다.

　처음 하루 이틀은 괜찮았다. 전립선이 약해 화장실을 자주 가야 하는 불편함을 제외하고는 승민 역시 모종의 충격이 있었는지 비교적 조용히 지내는 편이었다. 승민은 별도로 식사를 해야 했고, 때로는 자신을 경멸하듯 바라보는 사람들의 싸늘한 시선을 견뎌야 했다. 사흘째부터 승민은 괴로워하기 시작했다. 발작에 가까운 행동을 간헐적으로 쏟아내다가 결국 상습적으로 발작하기에 이르렀다. 소리를 지르거나 스스로 제 머리와 얼굴을 치는 자해 행위를 반복했다. 민태가 주변에 물을 담은 그릇이 있어서는 안 된다고 경고한 탓에 승민은 물속에 자신의 머리를 파묻을 수 없는 괴로움을 다른 방법으로 표출했다. 비명과 자해가 상습적으로 일어나자 공동체 사람들의 시선은 더욱 따가워져 갔다. 특히 지은이 1층에서 학생들과 수업을 하는 중에 쏟아내는 승민의 알 수 없는 웅얼거림은 폭력적인 소음에 가까웠다. 제대로 된 말을 하는 것도 아니고 세차게 비명을 지르는 것도 아니었다. 원인을 알 수 없는, 언제 끝날지 예측할 수 없는 불안한 꿍얼거림과 신음이 지속되었기에 수업을 제대로 진행할 수 없었다.

교대로 돌아가며 승민을 제어하던 어른들도 점차 지쳐만 갔고, 그만큼 분노도 쌓여 갔다. 때론 승민의 입을 틀어막기도 했고, 김지호의 경우엔 승민의 거듭되는 저항을 보다 못해 주먹으로 승민의 머리를 강하게 두들겨 박기도 했다. 수업은 제대로 이뤄지지 않았다. 지은은 설명을 멈췄고, 다른 자폐 학생들을 수업 도중 2층으로 올려 보내기도 했다.

그 일주일을 지내는 동안 극한의 괴로움에 사로잡힌 건 승민도 지은도, 공동체의 일원들도 아니었다. 바로 민태였다. 민태는 소금 한 움큼을 입에 삼킨 것 같은 기분으로 이 상황을 내내 견뎌야 했다. 특히 매일 돌아오는 공동체의 저녁 시간은 민태에겐 지옥과 같았다. 무슨 의도에서인지 다른 경우엔 3층 침실에서 나오지 않던 유형식이 이른바 승민을 형벌하는 기간에는 1층에 내려와 꼬박꼬박 저녁 식사를 함께 했다. 그 시간 내내 승민은 짐승처럼 울부짖었다. 민태는 너무나 잘 알고 있었다. 승민이 괴로워하며 저항하는 이유를. 승민은 뭔가 할 말이 있었다. 하지만 그 말을 비장애인인 우리는 알아들을 수 없다. 알아들으려고도 하지 않는다. 그 상황을 어떻게든 벗어나고 싶어 승민은 우는 소리를 낸 것이다. 물이 차올라 있는 욕조가 있었다면, 싱크대에 수도꼭지를 틀고 머리를 처박을 수 있었다면, 승민은 짐승처럼 신음을 쏟지 않았을 것이다. 하지만 그 명확한 제약이 있는 상태였기에 승민은 괴로워하는 것이다. 승민과 상담하여 그 문제를 풀어 준다면 승민은 울부짖는 걸 멈출 것이다. 하지만 민태는 그렇게 할 수 없었다. 유형식이 정해 놓은 형벌의 규칙이었기 때문이다. 형벌을 감당해야 하는 승민에게 누구도 쉽게 접근해서는 안 된다는 규칙, 그 수치를 감당해야 하는 규칙에 갇힌 승민에게 민태는 다가갈 수 없었다.

일주일의 마지막 날이었다. 닷새부터 민원이 들어오기 시작했다. 밤새 중단하지 않는 승민의 울음과 신음은 문제가 되기에 충분했다. 주변 공장과 주택에서 야생 동물이 주택가로 침입한 것 같다는 식의 신고는 기본이었고, 공동체 내부에서 무언가 불길한 사건이 벌어지는 것 같다는 의심 섞인 신고도 줄기차게 이어졌다. 경찰과 구청 직원이 일주일 사이에도 두세 번 넘게 '선사공'을 방문했지만 결론은 같았다. 내부에서 해결해야 할 숙제. 승민의 비명은 공동체가 해결해야 하는 문제로 취급되었다. 그렇게 공동체 사람들이 형벌을 당한 건지, 승민이 형벌을 당하는 건지 분간하기 어려운 극한의 스트레스가 켜켜이 쌓여 버린 일주일 마지막 날의 밤은 깊어만 갔다.

형벌의 마지막 날이라는 사실을 알지 못하는 승민은 그날도 고통스러운 울부짖음을 멈추지 않았다. 깊은 새벽, 2층에서 1층으로 내려오는 계단 센서의 불이 켜지면서 누군가 아래로 내려왔다. 그인지 그녀인지 모를 사람은 1층으로 내려와 현관으로 다가갔다. 승민을 바라보고 잠시 서 있었다. 승민도 순간 신음을 멈추고 상대를 바라봤다.

승민은 응시와 대면의 순간만큼은 울지 않았다. 하지만 승민의 침묵은 오래가지 않았다. 상대는 승민을 슬쩍 밀치고 그대로 현관을 열고 밖으로 나갔다. 상대가 나가자 시선을 어디에 두어야 할지 몰라 한껏 망설이던 승민은 이내 다시 비명을 질렀다. 한사코 끊어질 수 없다는 강한 의지를 담은 비명은 이전보다 더 절박했다.

깊은 밤, 새벽. 승민을 잠시 바라보고 밖으로 나온 상대는 건물 뒤편 파라솔과 짐이 아무렇게나 쌓인 수영장으로 걸어갔다. 건물 밖 가로등에 비친 승민을 바라본 상대는 지은이었다. 지은은 수영장 뒤편 벽에 등을 기대고 서서 담배를 물었다. 죽은 화초가 무성히 남아 있는 화분을 헤집어 꺼낸 라이터로 담배에 불을 붙인 지은은 칠흑 같은 어둠으로 가득한 건물을 바라봤다. 긴 담배 연기와 함께 끔찍하게 뒤엉키는 건물 1층에서 터져 나오는 승민의 울음을 지은은 서글프고 답답한 마음으로 듣고 있었다.

그리고 또 한 명이 피우는 담배 연기, 검붉은 꽁초의 불꽃이 보였다. 불꽃의 위치는 수영장이었다. 지은이 고개를 들어 수영장을 바라봤다. 일주일 전에 한가득 담겨 있던 물이 한 방울도 남지 않고 모두 빠진 상태였다. 물이 빠진 수영장 안에서 담배를 피우고 있는 사람은 강민이었다. 꽁초를 밖으로 던진 강민이 수영장을 빠져나왔다. 가해자가 범죄 현장을 다시 찾는 기분이었을까. 형의 범죄를 확인하려는 의도였을까. 강민은 수영장 밖으로 나온 뒤로도 한참을 그 자리 그대로 선 채 꼼짝하지 않았다. 수영장과 지은이 서 있는 곳을 번갈아 바라보았다. 그사이 지은은 담배를 두 개비째 피우고 있었다. 둘의 침묵을 메우는 건 오직 그 칠흑 같은 밤, 승민의 울음 섞인 신음이 전부였다.

24

"목사님."

"네?"

"말씀하세요."

"…"

"뭔가 말씀하려고 부른 거잖아요. 아니에요?"

민태는 지은의 반문을 곧바로 부정하지 못했다. 단번에 긍정하지도 못했지만.

승민의 일주일 형벌이 끝난 다음 날 월요일 점심시간. 민태가 2층 복도 끝에 자리 잡은 지은의 숙소로 찾아왔다. 무거운 멍에를 짊어진 것처럼 힘겹게 계단에 올라섰고, 지은의 방문 앞에서도 한참 망설이다가 문을 두드렸다. 지은이 문을 열어 주었지만 민태는 쉽게 말을 잇지 못했다. 그렇게 반쯤 열린 방문을 사이에 두고 두 사람은 한참 침묵했다. 곧이어 지은이 깔끔하게 용건을 밝혔다. 자신의 용건이 아니라 승민의 아버지 민태의 용건을.

"제가 대신 말해 볼까요?"

"아니, 아니에요. 괜히 부담을 줄 생각은 없어요."

"부담은 일주일 전부터 이미 시작되었어요. 그런 식의 인사말 역시 쓰임새는 별로 없을 것 같고요."

"그럼…?"

"아드님 일로 절 찾아온 거, 맞죠?"

민태가 한 번은 거쳐야 할 과정이고 의무였다.

"맞아요."

"왜죠? 할 말이 있어서요?"

"저기… 그게."

"말씀하세요. 아무도 듣지 않으니까."

지은이 말한 대로 2층에서는 아무 소리도 들리지 않았다. 의도적인 침묵이라기보다는 학생들과 사람들이 2층 공간에 있지 않다고 보는 게 더 정확했다. 민태가 주위를 한 번 둘러본 뒤 말을 이었다. 매우 어렵게 열린 민태의 목소리는 심각할 정도로 불규칙했다.

"미안합니다."

"뭐가요?"

"미안해요. 우리 아들 일….''

"왜 미안하죠?"

"네?"

"미안할 일이 아니잖아요. 더욱이 목사님은요."

"난 승민이의 아버지예요. 보호자이기도 하고요."

"그래서요?"

"보호자로서 아이를 제대로 관리하지 못한 죄가 커요."

"그럼… 전 어떻게 해야 하죠?"

"그게….''

"지금 와서 목사님의 사과를 받고 용서를 해 줘야 하는 건가요?"

"용서해 달라는 강요로 느꼈다면 미안해요. 전혀 그런 의도는 없어요."

"그럼요?"

"….''

"그럼, 무슨 이유로 나한테 지금 미안하다고 하는 거예요?"

민태는 난처했다. 차라리 지은이 분노와 증오를 감추지 않고 한바탕 독설이라도 쏟아부으면 마음이 편할 거라 생각했다. 하지만 지은은 예상하지 못한 냉정한 독기를 보여주었다. 미안하다는 민태의 말에 겉으론 평정심을 유지하는 모습이었지만 알 수 없는 분노와 수치를 민태에게 전하고 있었다. 민태는 혼란스러웠다.

"내가 미안하다고 말해서 기분이 상했어요? 난 아버지로서 뭐든 해야 했어요."

"뭐든 해야 한다고요? 그런 게 위선이라는 거 모르세요?"

"위선이요?

"책임질 것도 아니면서, 아니 책임질 수도 없으면서 부모라는 이름으로 뭐든 해 보려는 그 태도요."

"…."

"그 태도가 오염되었는데, 대체 뭐가 미안하고 뭘 용서받으려고 여기 서 계신 건지 모르겠다고요. 아시겠어요?"

"솔직히 모르겠어요."

"네?"

"정말 이런 말 하기 힘들지만…."

"힘들지만 뭐요?"

"지금이라도 견디기 어렵다면 승민이를 경찰에 신고하는 것도, 그 아이의 보호자로서 그럴 각오가 되었다는 걸 말하고 싶었어요."

"지금 와서 경찰에 신고하라고요?"

지은의 입에서 헛웃음이 절로 흘러나왔다. 순간 민태는 아차, 하는 마음이 들었다. 하지 말아야 할 말을 한 건 아닌지 하는 후회가 밀려들었다. 하지만 적어도 민태는 자신의 현재 마음이 진실하다고 확신했다. 지은이 겪었을 고통과 악몽의 시간을 어떻게든 녹여 주고 싶은 마음, 최소한의 위로의 말을 건네고 싶은 마음, 그 마음이 가장 컸다. 하지만 지은의 반응은 더없이 냉담했다.

"경찰에 신고할 거였으면 벌써 했어요."

"미안해요. 미안하다는 말, 듣기 힘들겠지만."

"…."

"그렇지만 지금은 미안하다는 말밖에는 할 말이 없네요."

"정말 원해요?"

"…?"

"원하냐고요?"

"뭘… 말이죠?"

"미안해하는 마음, 그 마음 받아들이길 진심으로 원하냐고요?"

"맞아요. 욕심 같지만 그게 제 솔직한 심정이에요."

"불가능해요."

"네?"

"당사자가 사과한 게 아니니까."

"…."

"누구의 죄도 대신 짊어질 순 없으니까."

25

지은에게 섣부른 사과를 한 게 아닌가 하는 죄책감이 마음을 졸이게 하고 아프게 한 그날 밤, 민태는 승민의 방을 찾았다. 승민은 여유로울 정도로 큰 공간의 방을 혼자 사용했다. 처음부터 혼자 사용한 건 아니었다. 사건이 있고 난 뒤, 아이들은 승민과 방을 같이 쓰려 하지 않았다. 함께 지내던 룸메이트는 다른 비장애인 친구의 속삭임 한마디에 즉시로 승민의 방에서 짐을 챙겨 밖으로 나왔다. 그 이후로 승민은 넓은 방에 혼자 남았다.

민태가 조심스럽게 노크를 하고 승민의 방 안으로 들어갔다. 승민은 침대 모서리에 걸터앉아 우두커니 창밖을 내다보고 있었다. 민태는 승민 곁으로 의자를 끌어 다가가 앉았지만 승민은 아무 반응을 보이지 않았다. 아버지에 대한 감각을 가지고 있는지조차 의심스러운 이 상황은 빈번하게 반복되었다.

매번 겪는 일이지만 민태는 승민과 마주할 때면 흡사 커다란 벽 앞에 서 있는 듯한 막막함을 견뎌야 했다. 승민은 과연 자신이 행하는 일의 의미를 아는 걸까. 자신이 얼마나 엄청난 일을 벌인 건지 짐작은 하는 걸까. 아버지가 무거운 표정으로 자신을 바라봐도 아무런 긴장도, 진지함도 보이지 않는 승민을 보며 민태의 내면에는 어쩔 수 없는 분노가 이글거렸다.

　그래도 심호흡을 하고 민태는 승민의 턱을 슬며시 손으로 움켜쥐었다. 자꾸만 산만하게 흔들리는 시선을 바로잡아 자신을 볼 수 있게 하기 위해서였다. 턱을 움켜쥐자 승민이 다소 놀란 표정으로 민태를 바라봤다. 민태가 최대한 부드럽고 인내하는 표정을 지으며 턱을 움켜쥐지 않은 다른 손에 쥐고 있는 스마트폰을 승민에게 보여 주었다. 버튼만 누르면 녹음이 시작될 수 있도록 세팅된 앱 화면이 보였다. 물론 승민은 그 화면이 무엇을 의미하는지 알지 못했다.

"승민아."

"…."

"처음이자 마지막으로 부탁이란 걸 해 보자. 너한테."

"…."

"네가 아무리 아픈 아이라 해도."

"…."

"사람으로서 하지 말아야 할 일은 지켜야 하는 거야."

"…."

"넌 안타깝게도, 지난 일주일 전 그 하지 말아야 할 일을 하고 말았어."

"…."

"그래서 부탁한다. 사과해라."

"…."

"하지 못할 일을 한 지은 선생님께 사과하라고."

"…."

"내가 녹음 버튼을 누를 테니 말해라. 잘못했다고…."

"으으응."

"잘못했다고, 잘못했다는 말, 그 한마디, 못하겠어!"

"으아윽!"

"그 말 한마디, 못하겠냐고!"

승민이 더는 참지 못하고 발작을 일으켰다. 승민은 강압
적인 분위기를 견디지 못하고 발버둥질했다. 그때마다 사
람들은 승민의 주변에 있지 않으려고 했다. 잠깐 어떤 말을
건네려 할까 해도 머뭇거리고 뒤로 물러서는 게 전부였다.

승민이 민태보다 한발 앞서 분노했다. 자신의 턱을 움켜
쥔 아버지의 아귀힘이 점점 세지자 극도의 공포감을 느낀
것이다. 일반화할 수 없지만 자폐 성향의 아이는 억압하는

상황에서 죽음보다 더한 극한의 공포를 느낀다. 그러한 상황에서는 평소에 볼 수 없는 극단의 괴로움이 표출된다. 지금이 바로 그 순간이었다. 민태의 손길을 뿌리친 승민이 민태를 보며 짐승 같은 비명을 질렀다. 민태는 알고 있었다. 승민은 무언가를 말하고 싶은 것이 분명했다. 자신의 의지와 뜻대로 되지 않을 때 나오는 극단의 행동이 잠수라면, 승민의 지금 행동, 짐승 같은 비명을 지르며 괴로워하는 상태는 잠수하기 전에 자신을 돌보아 주는 가족과 감시자에게 건네는 최후통첩이었다.

민태는 승민의 이런 감정 표출의 과정이 싫었다. 정확히는 경멸스러웠다. 민태가 원하는 건 승민의 사과의 말, 그한마디였다. 하지만 승민은 말을 하지 못한다. 말을 배웠으나 말로 표현하지 못했다. 민태가 승민에게 끌어낼 수 있는 유일한 방법은 철저한 복종이었다. 그리고 그 복종의 과정을 녹취하는 것이었다. 민태는 승민이 정확한 말로 사과할 수 없다면 자신의 잘못에 대해 회한과 고통의 눈물을 흘려야 하고, 그 모습을 피해자에게 보여 주어야 한다고 생각했다. 승민이 어떤 생각과 감정을 품고 울음을 터트리는지는 중요하지 않았다. 단지 민태는 당사자의 진실한 사과를 받아 지은에게 조금이라도 부응하고 싶었다. 부질없는 발버둥이지만 그대로 담아 내야 한다고 믿었다. 이 과정, 이 고통을.

"넌 짐승이 아니야. 승민아. 넌 단지 평범한 아이들과는 다른 세상을 사는 것뿐이야. 그렇지?"

승민이 그대로 자리를 박차고 일어서려 했다. 민태가 그런 승민의 목을 오른손으로 움켜쥐었다. 움켜쥔 손에 힘을 주었다. 제어를 넘어서는 악력을 가했다. 그러자 승민의 얼굴이 새하얗게 질렸다. 자신의 목을 조르는 아버지, 그 절규하는 아버지의 창백하게 질린 얼굴빛을 처음 본 탓이다. 그렇지만 승민의 비명과 짐승의 그을음을 닮은 울음소리는 잦아들지 않았다. 민태에게 밀려 벽에 등을 기대고 서 있는 위기 상황에 이르기까지 승민은 울먹였다. 그 표정은 분명 억울함이었다.

"제대로 말해. 사과하고 싶지? 승민이 너, 지은 선생한테 한 그 더러운 행동, 사과하고 싶잖아!"

승민의 울먹임을 민태는 어느 순간 역겨운 시선으로 바라봤다. 승민이 두 손을 힘껏 휘저어 민태의 관자놀이 부근과 어깨를 거칠게 때리기 시작했다. 자신의 목을 조이는 아버지로부터 벗어나려고 발버둥질했다. 민태는 승민의 그 행동이 못내 역겨웠다. 죄를 반성하지 않는 악마처럼 비쳤다.

"사과하란 말이야! 말은 못하더라도, 우리처럼 값싸게 주고받는 말조차 꺼내지 못하더라도 최소한 눈물이라도 흘리란 말이야!"

민태가 절규하듯 소리쳤다. 그 순간 괴이한 메아리가 민태의 두 귀 속으로 날카롭게 파고들었다. 트럭의 클랙슨, 곳곳에 스며드는 아비규환의 비명. 그 메아리는 곧 소리를 넘어서 비극적으로 시각화되었다. 아내가 쓰러져 있다. 무정한 아스팔트 바닥 위에 쓰러져 있다. 머리에 흥건히 피를 흘린 채로. 아내는 아무것도 하지 못한 채 그저 쓰러져 있다. 그리고 그 모습을 무정하게 바라보는 승민의 시선이 민태를 분노케 했다. 승민은 무정했다. 저 비정한 아스팔트 바닥처럼 무감각했다. 기뻐하지도, 슬퍼하지도 않았다. 민태가 독백처럼 승민을 향한 저주의 말을 퍼부었다.

"지금도…. 지금도 승민이 넌, 넌! 아무것도, 누구에게도 미안해하지 않아! 미안해하지 않는다고!"

그렇게 대치 상태는 일단락되었다. 비명을 지르던 승민이 그 자리에서 그대로 방뇨를 해 버렸기 때문이다. 그 모습을 본 민태가 손에서 힘을 풀었다. 아버지의 손에서 해방된 승민이 주위를 두리번거렸다. 무언가를 찾는, 아마도 물을 찾는 행동이었지만, 승민은 적잖이 지친 상태였으므로 그 이상의 행동을 하지 못했다. 절망 어린 마음에 휩싸인 민태가 돌아섰을 때 살짝 열린 방문에 서 있는 누군가와 눈이 마주쳤다. 강민이었다. 민태는 한참 동안 승민의 동생인 강민을 바라봤다. 그저 바라볼 뿐 어떤 말을 덧붙이진 않았다. 강민 역시 아버지 민태에게 어떤 답을 기대하지 않았다.

26

달라진 건 아무것도 없었다. 지은은 민태의 대리 사과를 받지 않았다. 대신 지은은 자연스럽게 대안학교 수업을 이끌었다. 승민을 소외시키지도 않았다. 민태가 보기에도 이해가 가지 않을 정도로 지은은 승민을 자연스럽게 대했다. 발달 장애 친구 둘과 함께 진행하는 수업, 지은은 한 달간 민태가 지켜봐 온 것처럼 주변이 산만할 수밖에 없는 승민을 챙기며 수업을 이끌었다. 불과 며칠 전에 일어난 악몽을 매일 떠올릴 법도 했지만 지은은 모두가 난처할 만큼 이전보다 더 자연스러운 태도로 승민을 대했다. 그래서일까. 승민도 안정을 찾아가는 듯했다. 공동체 역시 언제 그런 일이 있었냐는 듯 지은의 무심한 모습과 함께 승민을 대했다. 일주일 동안의 형벌이 끝난 뒤 공동체는 그 형벌이 모든 죄를 대신했다는 마음과 표정으로 승민을 대했다.

민태는 그 순간 승민의 주의력 결핍과 자폐라는 증세로 발발한 타인에 대한 무관심이 차라리 다행이라는 생각이 들었다. 엄밀히 말하면 가해자와 피해자 사이에 어떤 것도 해결되지 않은 상태로 봉합 아닌 봉합의 시간을 보내는 상황이었다. 지은은 그 누구도 용서하지 않았고, 민태가 다그치고 채근해도 승민은 사과나 그에 맞는 태도를 보이지 않았다. 민태는 이 지지부진한 상황이 두렵고 답답하기만 했다. 하지만 아무 일도 일어나지 않았다는 식의 자연스러운 분위기가 민태의 불안을 묘하게 진정시켰다. 어쩌면 이런 요소가 이십여 년 동안 선한 사람들의 공동체를 유지시켜 온 중요한 미덕이 아닌가 하는 짐작을 했다. 사고가 발생했을 때, 그 사고를 봉합하고 다시 새로운 지점으로 나아갈 수 있게 해 주는 종교의 힘. 민태는 문득 일요일 저녁마다 어김없이 지속하는 이른바 공동체의 죄 고백의 시간을 떠올렸다.

죄 고백의 시간에는 민태가 실감하는 묘한 안도의 기운이 서려 있었다. 실제로 범한 것인지, 아니면 망상 속에서 터져 나온 미신적인 자기 고백인지 확실하지 않지만 공동체는 각자의 죄 고백을 극단적으로 쏟아 내며 자기 자신을 혐오했다. 자신을 가리켜 이 세상의 벌레만도 못한 최악의 세균이라고 저주하며 거리낌 없이 자신을 비하했다. 그런데 놀라운 건 그 추악한 자기 혐오를 쏟아 내며 가슴을 치고, 울고, 회개하고, 기도하고 난 그다음 월요일이었다. 죄를 고백한 공동체의 일원들은 아무 일 없었다는 듯 다시 일상으로 돌아왔다. 일요일 저녁, 서로를 고발하고 폭로하며 가해와 피해, 상처투성이의 심리적 붕괴의 도가니가 펼쳐지는 극한 상황이 벌어졌지만 월요일 아침만 되면 언제 그랬냐는 듯 모두는 평범한 일상으로 돌아왔다. 지금 지은이 승민을 아무렇지도 않게 대하는 것처럼.

　마치 액맞이 의식을 치르듯 한바탕 죄를 쏟아 낸 뒤, 다소 개운한 느낌을 덧입어 일상을 받아들이는 이 안도감에 민태도 조금씩 동화되는 느낌을 받았다. 믿기 힘들겠지만 그 동화는 중증 자폐를 앓는 승민이 보여 주는 윤리적 감각 이전의 원초적 모습과 닮아 있었다. 민태는 그 사실이 늘 마음에 걸렸다. 누군가에게 잘못을 저질러다면 사과를 하거나 미안해하는 모습을 보이는 게 상대방에 대한 예의라고 생각해 온 민태에게 승민은 늘 절망적인 예외였다. 아내가 승민을 살리기 위해 차도에 뛰어든 뒤에도, 모두가 보는 앞에서 자신을 가르치는 선생의 옷을 갈기갈기 찢어 놓은 뒤에도 승민의 표정은 변함없었다. 민태는 그 무정함이 늘 두렵고 불안했는데, 일상을 살아 내는 공동체 사람들에게

서 승민과 유사한, 아니 거의 동일하다고 볼 수 있는 표정을 발견했기에 그 분명한 동질감을 확인할 수 있었다.

하지만 민태에게는 여전히 불안한 시선이 남아 있었다. 그건 지은과 승민에게 일어난 일과 무관했다. 민태가 이곳에 오면서부터 느꼈던 시선이었다. 매일 하루 업무에 관한 이야기를 비롯해 여러 이야기를 나누기 위해 민태는 3층 유형식의 방을 찾아가곤 했다. 특이한 세간살이를 찾아볼 수 없는 소탈한 유형식의 방에서 민태는 주로 그의 말을 듣는 편이었다. 유형식은 공동체의 미래에 대한 걱정을 많이 내비쳤고 지속 가능한 공동체에 대한 우려에 걸맞은 아이디어를 내놓는 헌신적인 모습을 보였다.

거기까지는 괜찮았다. 하지만 대화의 시간이 20분이 넘어갈 때면 민태는 김지호를 의식했다. 명분은 유형식의 건강 문제였다. 긴 대화를 지속하면 유형식의 건강을 해칠 수 있다는 거였는데, 그럴 때마다 유형식은 신경질적인 반응을 보였다. 밖에 나가 있으라는 식으로 김지호를 몰아붙였지만 김지호도 물러서지 않았다. 민태는 김지호가 자신과 유형식의 대화를 탐탁지 않게 여기고 있다는 느낌을 받았다.

그런 식으로 대화는 매번 아쉬운 여운을 남겼다. 동시에 유형식의 방을 나올 때, 민태는 시간이 갈수록 창백하게 굳어 가는 김지호의 얼굴빛을 심상치 않게 주시해야 했다. 김지호는 하루하루가 지날수록 유형식의 방으로 들어오는 민태를 불안해했다. 그 표정은 마치 민태가 사건을 벌인 자기 아들 승민을 지켜볼 때의 불안과 비슷해 보였다.

27

"저는 뭐랄까요. 솔직한 게 좋다고 생각합니다. 뭐든지요."

유형식의 방에서 나온 민태를 붙잡다시피 한 김지호가 말을 걸었다. 유형식의 방문이 채 닫히기 전의 상황이었다. 민태는 본능적으로 방문 너머를 살피듯 바라봤다. 침실과 집무실이 함께 붙어 있는 그의 방 소파에 앉아 있는 유형식은 쓸쓸한 모습을 숨기지 않은 채, 민태와 김지호가 마주한 장면을 그대로 응시했다. 순간 스치듯 목격한 눈빛 교환이었지만 유형식의 표정은 대단히 쓸쓸하고 애석해 보였다.

김지호는 유형식의 방문이 닫히지 않은 걸 은근히 기대한 모습이었다. 유형식과 민태의 대화가 끝나기만을 내내 기다렸던 김지호의 의미심장함이 3층 복도를 무겁게 짓눌렀다. 유형식이 자신과 민태의 모습을 목격하는 게 좋겠다는 심사가 아니라면 복도에 멈춰 선 채로 솔직한 대화를 이어 간다는 게 민태가 보기엔 상당히 부적절해 보였다.

"지금 여기서요? 유 목사님은 쉬셔야 할 것 같은데요."

민태가 유형식의 열린 방문을 의식하며 말했다. 김지호의 반응은 단호했다.

"상관없습니다."
"상관없다는 게 무슨 뜻이죠?"
"말 그대로예요. 유 목사님이 들으셔도 상관없다는 말이에요."

　민태는 난처했다. 솔직함이 얼마든지 사람을 불편하게
만들 수 있다는 걸 철저히 실감하는 순간이었다. 민태는 주
위를 두리번거리며 한 걸음 물러섰지만, 2층으로 내려서는
계단으로 더 나아갈 수 없었다. 김지호가 가로막고 선 탓이
다.

　"솔직히 저는 당신이 여기에 계속 남아 있어야 할 이유를
모르겠습니다."
　"그게 무슨 뜻입니까?"
　"여긴… 정말이지 아무것도 기대할 게 없는 곳입니다."
　"뭐가 기대할 게 없는데요?"
　"당신, 정 목사가 생각할 법한, 지극히 당연한 것, 이를테
면 세속적인 것 말입니다."
　"세속적인?"
　"아들 승민이를 돌보고 싶어 이곳에 온 거라면 이미 그
기대는 형편없이 끝장난 거 아닌가요?"
　"대체 무슨 뜻인지…."

이해할 수 없었지만 민태는 점점 김지호의 말과 표정이 무서워졌다. 차라리 열려 있는 방문 틈새로 이 모든 대화를 듣고 있을 유형식이 소파를 박차고 일어나 개입해 주기를 바랐다. 하지만 민태가 언뜻 살핀 방문 너머 유형식은 소파에 없었다. 암 투병이란 특수 상황 탓에 급격히 파고든 피로를 이기지 못하고 침대로 자리를 옮긴 듯했다. 유형식이 그럴 줄 알았다는 듯 김지호는 거리낌 없이 말을 이었다.

"공동체 식구 모두 승민이를 어떻게 생각하고 바라보고 있는지 모르지 않죠, 목사님?"

충격과 아픔을 주는 질문이었다. 민태는 선뜻 답하지 못했다. 김지호가 답을 채근했다.

"정말 몰라요? 아니, 그 이전의 상황에 대해 질문해 볼까요? 정승민, 이 친구가 어떤 사고를 쳤는지 아실 거 아닙니까?"
"그런데 그건….."
"그건 뭐죠?"

"유 목사님과 공동체가 그 죄를 승화시킨 상황 아닌가
요?"

"…"

"전 그렇게 이해하고 아들과 함께 속죄의 시간을 보내고
있습니다."

"세상 법정으로 끌고 가면 어떻게 되는지 모르지 않으시
겠죠? 정 목사님."

"…"

"공동체 사람들… 예수 아닙니다. 다들 속으로 부글부글
끓고 있을 거예요. 더욱이 유지은 선생은 어떨까요? 유 선
생 생각은 안 해요?"

지은의 이야기를 꺼내는 순간 민태가 김지호의 시선을
피했다. 자신의 분노에 한발 물러섰다고 판단한 김지호가
말을 이었다.

"목사님을 생각해서 이러는 겁니다. 공격하려는 말이 아
니고요."

"네?"

"유형식 목사의 공동체 고백은 어떤 면에선 말이죠. 깊은 물속에 숨어 든 녹슨 칼과 같아요."

녹슨 칼. 무슨 뜻일까. 민태는 더없이 진지하게 김지호의 녹슨 칼 비유에 대한 해석을 기다렸다.

"녹슨 칼이라 해서 그 존재가 사라지진 않죠. 물속에 감추고 철저히 없는 일, 불문율 같은 거로 묻어 버렸다고 생각하지만 결국 각자의 약점을 붙잡고 서로 협박하는 부메랑이 되어 돌아오는 게 바로 공동체 고백이에요."

"…"

"지금은 승민이를 용서했다고 말하겠지만, 그런 이상한 방법으로 용서하고 용서받았다고 하겠지만, 결국 그걸 빌미로 정 목사, 당신을 이곳의 책임자로 몰아붙일 겁니다. 이 빚더미에 불과한 아무것도 아닌 곳의 책임자로 말이죠."

민태의 눈빛이 흔들렸다. 순간 민태는 다시금 거의 본능적으로 열린 방문 틈을 바라봤다. 소파 너머에 놓여 있는 서재에 꽂힌 수많은 양장본 책들이 김지호가 말한 '책임'이란 낱말과 묘하게 성기고 얽혀 들었다.

"녹슨 칼을 가지고 당신이 할 수 있는 게 뭐가 있을까요. 아무것도 없어요. 40대 후반의 전도유망한 당신의 삶은 황폐해질 뿐입니다."

"…."

"여긴 그런 곳이에요. 더는 든든한 후원자가 오는 것도 아니고, 생협 판매는 지지부진하고, 부동산이라고 해 봤자 종교 법인에 묶여 제대로 활용할 수 있는 것도 아니라고요."

"솔직해지고 싶다 하셨죠?"

"그랬습니다."

"진짜 하고 싶은 말이 뭡니까? 저한테요."

"단순합니다. 여기 일에서 손 떼세요."

"그게 날 위한 일이라고요?"

"그렇습니다. 손 떼세요. 그렇지 않으면 서로가 어려워질 테니까."

"…."

"한 달쯤 되었을 때, 아니 그 이전에 그만둘 줄 알았는데,

그만두지 않고… 계속 하루가 멀다 하고 유 목사님과 면담하고, 이게 모두 이전 책임자들에게 전가한 유 목사의 패턴과 같아요. 그래서 목사님이 걱정되어 하는 말입니다."

"잠깐만요."

"네?"

"반대로 질문할 게 있어요. 제가 집사님에게요."

"뭐죠?"

"날 위해서 유형식 목사와 더는 가까워지지 말라는 뜻으로 들리는데, 맞나요? 유 목사님의 그물에 걸리면 안 된다고 보는 관점이고요."

"바로 봤네요. 맞아요."

"그럼, 집사님은 왜 여기 남아 있는데요?"

"저하고 목사님하고는 입장이 다르죠."

"뭐가 다른데요?"

"그걸 정말 모르세요?"

"…."

민태는 선뜻 답하지 못했고 김지호의 일방적인 대화는 거기서 끊어졌다. 마지막 말을 남긴 김지호는 민태에게 생

각할 숙제만을 남긴 채 2층으로 내려갔다. 어떠한 견해가
다르다는 건지, 민태로서는 아무리 생각해도 이해할 수 없
었다.

28

김지호의 이해할 수 없는 말만큼이나 민태를 심적으로
짓누른 건 유형식의 핏발 선 눈빛이었다. 유형식은 하루가
다르게 체중이 줄어들었다. 이해할 수 없을 정도로 빠르게
체중이 줄었다. 또한 일상의 업무를 소화할 수 있다고 호언
장담하듯 말을 하고 아침 식사마다 꼬박 1층 식당에 내려
와 함께 식사하며 공동체와 어우러지는 모습을 보여 주었
다. 하지만 모두는 말만 하지 않을 뿐이지 짐작하고 있었다.
유형식의 몸이 점점 수렁 속으로 빠져들고 있다는 사실을.
민태가 온 이후로 공동체 중 한 가족이 짐을 꾸려 퇴소했

다. 유형식은 공동체를 떠나는 사람에 대해 언제나 입에 담기 힘들 정도의 극렬한 저주의 언어를 퍼부었다. 민태가 보는 앞에서 그 가족은 짐을 꾸려 나갔다. 유형식에게 퇴소하겠다는 별도의 말도 하지 않았다. 단지 중요한 이유만을 밝혔다. 다른 누구도 아닌 승민의 아버지 민태에게.

"여기가 더는 안전하다고 믿을 수 없어요."

민태는 그 가족이 나간 이유가 승민의 일 때문이라 생각하지 않을 수 없었다. 안전할 수 없는 환경, 짐을 꾸리고 현관을 나서던 가족 구성원 전체의 시선, 그 불안하고 위태한 시선을 민태는 비교적 또렷이 목격했다.

하지만 유형식은 그런 상황일수록 내부 결속을 강조했다. 문제는 그 강조의 대상이 유독 민태에게 집중되었다는 사실이다. 김지호가 민태에게 알 수 없는 경고를 남긴 이유도 이러한 흐름 때문임이 분명했다. 하루가 멀다고 유형식은 민태에게 향후 공동체의 과제에 대해 브리핑하듯 설명했다. 이를 참다못한 민태가 부탁하듯 유형식의 두 손을 붙잡으며 말했다. 김지호와의 대화가 이뤄진 다음 날, 금요일 저녁 기도회 중이었다. 기도회의 참여자는 유형식과 민태, 둘이었고 장소는 3층, 유형식의 침실 겸 집무실이었다.

"아니에요. 아닙니다. 목사님."

순간, 유형식이 놀란 표정을 지으며 되물었다.

"왜? 뭐가 안 된다는 겁니까."
"지금 하신 말씀이요."

민태가 중도에 유형식의 말을 끊은 이유를 민태는 당연한 반응으로 받아들였다. 유형식은 전날 민태와 김지호가 복도에서 나눈 대화를 전부 들은 것 같았다. 민태는 그렇게 이해했지만 유형식은 대화를 군이 듣지 않았더라도 김지호가 민태에게 어떤 말을 했을지 짐작한 낌새였다. 그래서 일까. 하루가 지난 금요일 저녁, 유형식은 민태에게 자신이 공동체를 운영할 수 있는 시간이 얼마 남지 않았으며, 결국 민태가 이 공동체 살림과 재산을 관리해야 할 적임자란 사실을 기도 중에 확신하고 말았다는 식의 이야기를 건넸다.

그 이야기가 민태의 귀에 전달되는 순간, 곧 공동체 재정 관리까지 일임하겠다는 유형식의 의지를 듣는 순간 민태는 유형식의 손을 붙잡고 만류했다.

"지금 하신 말씀, 거두셔야 합니다."

"왜죠? 난 정 목사가 이 공동체를 감당할 수 있는 적임자라고 생각하는데….."

"안 됩니다. 그건 곤란해요."

"그 곤란하다는 말은, 혹시 우리 공동체의 살림살이가 걱정되어서 하는 말인가요? 내가 빚까지 떠안길까봐?"

유형식도 돌려 말하는 편이 아니었다. 더욱이 다급한 상황에 몰린 듯한 자신의 상황에서 예의 절차를 갖춘 말이 오히려 일을 그르칠 수 있다는 생각을 품은 듯했다. 유형식은 더 단호하게 민태에게 핵심을 캐물었다. 민태 역시 핵심으로 답했다.

"그렇지 않습니다. 오히려 그 반대죠."

"그 반대? 그건 또 무슨 뜻입니까."

"유 목사님."

"말씀하세요."

"이 공동체에 계신 분들, 십 년 이상 헌신해 온 분들이 대부분입니다. 김지호 안수집사님을 포함해서 말이죠."

"그런데요?"

"그런데라뇨, 목사님. 저는 이제 이곳에 들어온 지 채 한 달을 넘긴 신입입니다."

"공동체에 오래 머문 사람들이 기다린 순서대로 지분을 물려받아야 한다는 말처럼 들리네요."

"굳이 지분, 상속, 그런 말을 쓰지 않아도 됩니다. 상식적으로 생각해도 저 같은 신입이 공동체를 차지하는 모습을 사람들은 쉽게 받아들이지 못할 겁니다."

"내가… 김지호 같은 사람을 신뢰하지 못해도 말입니까?"

"김지호요?"

그때, 민태는 유형식이 안수집사란 호칭을 의도적으로 생략했다는 사실을 강하게 실감했다. 보기에 따라선 입에 담은 상대에 대한 뿌리 깊은 불신과 경멸이 감지되는 순간이었다.

"공동체 생활이란 거… 자신의 죄를 매일 게워 내는 지독한 고난의 길을 걷는 과정입니다. 그 길은 그냥 뭉개고 앉아 시간만 보냈다고 인정받는 게 아닙니다."

"어떤 근거에서 김 집사님이 그런 삶을 보냈다고 말씀하시는 건가요?"

"근거까지 말하지 않아도 알 수 있지 않나요?"

"…?"

"어제의 일이 모든 실상을 대표해 보여 준다고 생각합니다. 의도적으로 내가 듣게끔 문을 열어 놓고 격양된 소리로 거친 말을 쏟아 냈죠. 무례한 정도가 아니라 죄의 독기가 빠진 증거를 전혀 찾아볼 수 없죠."

적의였다. 김지호를 향한 분명한 적의가 느껴졌다. 하지만 그 적의는 다른 한편에선 서늘한 불안을 동반하기도 했다. 한 달 동안 살핀 것뿐인데도 민태는 김지호가 공동체의 살림살이 대부분의 영역을 점령하고 있음을 느낄 수 있었다. 생협 활동에서부터 공동체가 헌신해 온 후원금 관리까지. 민태가 유형식과 대화를 나누며 알게 된 사실들을 놓고 보았을 때 유형식과 김지호는 공동체 재산에 있어서 아슬

아슬한 동거 관계였다.

"제가 요 며칠 공개한 전모를 보면 답은 더욱 확실해지
죠."

"어떤 부분이 말입니까?"

"김지호 같은 사람에게 공동체의 미래를 맡길 수 없다는
사실."

"…"

"수많은 사람이 이곳을 거쳐 갔습니다. 눈물 없인 볼 수
없는 미담들도 많았고 지금은 비록 그 위세가 형편없이 기
울었다 해도 나, 유형식. 이 공동체를 위해 일생을 바쳤다고
자부할 수 있어요."

"알고 있습니다."

"아니, 정 목사는 결코 내 고통과 번뇌를 전부 헤아릴 순
없소."

"…"

"만약 조금이라도 내 고민을 이해했다면, 그랬다면 정 목
사는 지금 내 제안을 받아들이는 게 맞아요. 이 공동체를
악마와 무식한 자들의 소굴로 만들지 않기 위한 사명감이

타올라야 한단 말입니다."

폭 꺼진 볼, 퀭한 눈빛, 일주일 전과 비교해도 눈에 띄게
진행된 탈모증, 유형식의 외연은 빠르게 사그라지는 불꽃
과 같았지만 그의 불타오르는 안광은 정반대였다. 그는 신
념의 불길에 기꺼이 사로잡힌 화신이었다. 그 신념의 화신
앞에 선 민태는 망설였다. 그리고 갈등했다. 민태의 갈등으
로 출렁이는 눈빛을 지켜보던 유형식의 표정은 점점 더 굳
어 갔다. 차갑지만 더 강하고 번복할 수 없는 정의를 강조
하는 표정이었다.

"내가 이렇게까지 말했는데, 정 목사."
"네."
"무엇이 정 목사의 선택을 망설이게 하는 거지?"
"…."
"김지호 따위의 속물이 두렵소?"

질문을 받은 민태가 반사적으로 고개를 가로저었다.

"그럼, 공동체 운영, 관리 같은 게 정 목사의 적성이 아니라서?"

"그것도 아닙니다."

"경험이 부족한 건 변명으로밖에 들리지 않고, 그럼 대체 무엇이오?"

"승민이."

"응?"

"제 부족한 아들, 승민이 때문입니다."

"그 아이가 어때서? 오히려 더 잘된 일 아닌가?"

"…."

"아이를 기관이나 시설에 맡기지 않고 이곳에서 돌볼 수 있으면 더 잘된 일 아니냐고, 정 목사 안 그래요?"

"그건 그렇지만."

"우리 지은이가 더 잘 돌볼 거니 아무 걱정하지 마시오."

"아니, 바로 그것 때문입니다."

"무슨 소리요?"

"목사님. 우리 승민이가 저지른 실수, 알고 계시지 않습니까?"

"그게 뭐 어때서? 승민이는 아픈 아이요. 정상적인 아이가 아니잖소. 그런 비정상의 육체가 벌인 촌극 따위를 가지고 걸림돌을 삼는 게 더 웃긴 일 아니겠냐고."

"…."

"공동체의 존재 의미가 뭐겠소? 그런 일이 있을 때 말끔히 처리하고 덮어 주는 게 바로 죄 고백의 시간이었소. 그렇게 죄를 고백하면 신이 모든 죄를 씻어 주시는데 대체 뭐가 문제란 말이요?"

"유 목사님. 이건 그렇게 간단히 해결될 문제가 아닙니다."

"뭐라고?"

"아무런 법적 처벌이나 조사 없이 공동체끼리 죄 고백을 시키고 한바탕 눈물 쏟고 통곡해서 신과 자신의 문제가 해결받았다고 믿게 만드는 거, 그건 달리 보면 무책임한 일입니다."

"무책임하다?"

민태는 순간 말을 잘못했다는 느낌에 하던 말을 멈췄다. 유형식의 표정은 상대를 설득하려는 절박함에서 분노로 돌변했다. 순식간에 뒤바뀐 감정 변화는 심각한 수준으로 비화했다.

"공동체를 책임지고 싶지 않다면, 그 정도 사명감이 없다면 없다고 솔직히 말씀하시오. 어줍지도 않게 성스러운 죄의 사면을 공격하려 들지 말고."

"그런 의도로 말씀드린 건 아니었습니다만…."

"분명히 말해 두지만 자네 아들은 그냥 병들어서 그런 거야."

"하지만 유지은 선생은 그렇게 생각하지 않을지도 모릅니다."

'이 말을 해야 했다. 아니 해야만 한다.'

유형식은 더욱 실망 어린 눈빛으로 민태를 바라봤다. 그리고 짧은 한숨과 함께 스스로 분노를 다스리며 말을 이었다.

"지은이는 누구보다 내가 더 잘 알아."

"아신다고요?"

"그런 종류의 사고로 무릎을 꿇을 정도로 약한 아이가 아니란 말이야. 알아듣겠어?"

어느 시점부터 분노와 절망, 자기 연민에 사로잡힌 유형식은 민태에게 존칭 쓰는 걸 잊었다. 민태는 그런 유형식의 표정에 죽음의 그림자가 짙게 드리워져 있는 걸 확인하고는 더 말하려는 의지를 가라앉혔다.

"지은이를 입양했다는 걸 세상에 알리면서 그 아이는 투쟁과 고난의 길을 걸어야 했어. 재앙과 같은 이 세상의 편견에 맞서는 영적 투사가 된 거지."
"…."
"그런 아이가 이깟 일로 흔들릴 거라고 생각했다면, 그거야말로 이 공동체를 우습게 본 거지. 그 아이가 얼마나 말 같지도 않은 수많은 일을 겪은 줄 알아? 모르지. 모를 거야."

유형식은 혼잣말도, 상대를 향한 일방적 훈계도 아닌 정확히 정의할 수 없는 중얼거림을 계속하면서도 민태를 향해 섬뜩한 안광 쏟아붓기를 주저하지 않았다. 민태가 자리에서 일어섰다. 민태가 일어선 뒤에야 자신의 감정을 추스른 유형식이 머뭇거리며 말을 이었다.

"흥분해서 미안하오."

"아닙니다."

"정 목사가 아직 잘 모르는 공동체의 규율을… 그래서 아직은 공동체 운영이 힘들 수도 있겠단 생각은 들었소."

"…."

"그래도 잘 생각해 보시오. 진짜 공동체를 위하는 길이 뭔지."

"알겠습니다."

"그래요."

"그런데 유 목사님."

"…."

"송구스럽지만 제 머리와 심장은 여전히 혼란스럽기만 합니다."

"…."

"신앙이 부족하다고 탓하실 수도 있겠지만… 승민이가

벌인 범죄, 그 고통스러운 낙인이 지워지지 않습니다. 제가 조금만 더 주의를 기울였더라면."

이상했다. 그 말을 하는 순간 민태의 귀에선 중환자실에서 어린아이처럼 울고불며 거리낌 없이 비명을 지르던 유형식의 천진한 절규가 들려왔다. 낯선 두려움이 민태의 온몸을 휘어 감았는데, 그건 어쩌면 유형식도 경험한 느낌이었을지 모른다. 유형식과 민태. 둘은 한동안 침묵한 채 서로를 망연히 바라보기만 했다. 그리고 그 침묵을 깬 건 유형식이었다.

"아무튼… 시간이 얼마 없소. 정 목사."

"…."

"오늘 밤이라도 기도해 보고 결정 내리도록 해요. 나도 오래 기다릴 생각 없다는 거 알아 두고."

"네."

"…."

"명심하겠습니다."

29

정말 복잡한 일이 생겼을 때, 인생에서 자기 의지대로는 결코 이겨낼 수 없는 일이 생겼을 때, 민태는 그럴 때마다 자신만의 공간을 찾아 엎드려 기도하곤 했다. 민태가 꼭 목사였기 때문이 아니었다. 두 손을 붙잡고 눈을 감고 온갖 머릿속을 헤집는 잡념을 치우고 자기만의 생각에 몰두하는 건 종교와는 상관없는 민태가 지금까지 살아오면서 가장 절박하고 중요하게 여겨 온 자신만의 신념이었다.

극도로 혼란스러운 순간이 도래했다. 유형식은 자신이 입양한 딸 지은을 성폭행했다고 판단받고 있는 당사자의 아버지에게 평생을 일궈 온 공동체의 운명을 맡기려고 한다. 이런 유형식의 의지와 확신은 결코 민태의 보편적인 상식으로는 이해할 수 없었다. 그렇지만 인생의 마지막을 앞둔 유형식이 진지하게 부탁하는 이 절박한 요청을 민태는 쉽게 뿌리칠 수가 없었다. 오히려 유형식의 용서로 인해 민태는 더 어렵고 난처한 상황에 빠져들었다. 아들의 흉측한 범죄에 눈을 감아 준 죽음을 목전에 둔 선배 목회자의 요청을 야멸차게 뿌리쳤다는 소리를 들을 수 있는 상황. 민태는 그 어느 것도 쉽게 선택하기 어려운 번뇌의 극한에 내몰린 기분이었고, 그 절박함을 어떻게든 이겨내기 위해 기도하고자 했다.

하지만 민태는 기도에 집중할 수 없었다. 아무리 눈을 질끈 감고 두 손을 힘주어 붙잡아도 자기만의 세계에 집중할 수 없었다. 처음부터 그건 불가능했을지도 모른다는 생각이 들었다. 바로 저 너머의 공간, 방문 하나를 사이에 두고 있는 아이, 늘 불쌍하고 측은하게만 여겨 온, 어떤 이유와 상관없이 무한 애정을 품고 돌봐야만 하는 승민이 울고 있었기 때문이다.

그 사건 이후로 민태는 밤마다 승민을 감시해야 했다. 밤의 시간만 되면 승민이 평소와 다른 모습을 보여 준 탓인데, 뺨이나 주먹으로 자신의 얼굴이나 몸을 내려치기도 하면서 밖으로 뛰어나가 물이 보이는 곳이면 어디든 달려들어 머리를 처박으려 했기 때문이다. 그래서 민태는 승민이 잠이 들만한 시간, 취침 시간이 되면 승민의 두 손에 두꺼운 벙어리장갑을 끼우고 노끈과 같은 것으로 손을 묶었다. 손을 묶어 두지 않으면 승민은 밤새 괴로움을 호소하며 제 얼굴을 주먹으로 내리치는 자학을 지속했기에, 민태는 자신의 행동이 어쩔 수 없는 일이라고 합리화했다.

승민의 손을 묶고 방문을 잠근 뒤 민태는 방문에 등을 기대고 앉았다. 승민은 자기 뜻대로 그 어느 것도 할 수 없는 현실에 대한 괴로움으로 몸을 사정없이 비틀며 괴로운 신음을 내질렀다. 민태가 손으로 자신의 두 귀를 틀어막아야 다소 안정이 될 정도의 소리였다. 마치 우리에 갇힌 맹수의 울음소리에 가까웠다. 말은 하고 싶지만 제대로 표현할 수 없는, 제대로 된 표현에 절망하면 체념하거나 침묵할 수도 있지만, 결코 그렇게 할 수 없다며 시위라도 하듯 승민은 쉬지 않고 울부짖었다. 수단과 방법을 가리지 않고 자신을 무단으로 가둔 억압을 풀어 내기 위해 발악하는 맹수의 울음소리는 중단 없이 지속되었다.

아내 승혜와 함께 오랫동안 승민을 지켜봐 온 민태는 모르지 않았다. 승민이 왜 밤마다 이런 행동 양상을 보여 주는지. 자폐 증세를 앓는 이들을 대할 때, 그 주변에 함께 있는 이들이 가장 간과할 수 있는 함정은 자폐가 예측 불허의 행동을 일으킨다고 보는 것이다. 민태가 보았을 때 중증 자폐인 승민의 패턴은 너무나 일정하고 분명했다. 예측 불허란 개념은 오히려 어울리지 않았다. 승민은 자신에게 불편한 사항이 생기거나 무언가 요구할 것이 있을 때 정해진 패턴에 따라 가족이나 돌봄 교사에게 의사를 피력했다. 단지 그 하나, 의견을 피력하는 방법이 정제된 언어나 부드러운 과정이 아니라는 점만 다를 뿐이다. 승민은 물속에 머리를 박고 잠수를 하는 행동을 보여 줌으로써 자기 뜻을 가족에게 전달하는 방법을 아주 어렸을 때부터 실천해 왔다. 다른 행동 양상을 보여 준 적이 없었다. 그것은 지나칠 정도로 담백하게 자신의 의견을 피력해 온 승민의 방식이었다.

그 방식을 알고 있는 민태의 현재의 조치는 잘못되었다. 승민의 두 손을 묶고 방에 가두는 일을 해선 안 되었다. 승민이 잠수를 한다면, 물속에 자기 얼굴을 파묻는다면 승민의 뒤에서 등을 부드럽게 어루만져 주거나 살짝살짝 두들겨 주며 원하는 게 무엇인지 모르지만 잘 알겠다고, 승민이 네가 원하는 걸 얼마든지 들어줄 수 있다고 말해 주어야 했다. 그러면 승민은 자신이 하고 싶은, 정말로 절박하게 원하는 자기 표현을 가족이 들어 줬다는 확신을 느끼고는 비로소 울지도 않고, 물에서 스스로 머리를 꺼내며, 모든 긴장이 고요하게 가라앉는 것처럼 평온 가운데 잠들 것이다.

그 명확한 방법을 알고 있음에도 민태는 그렇게 하지 않았다. 성폭행 사건에 대해 승민은 분명히 무언가 할 말이 있는 듯한 표시를 내비쳤지만 민태는 듣고 싶지 않았다. 들을 필요가 없다고 느꼈다. 그 새벽의 수영장, 벌거벗은 승민의 몸, 같은 수영장에서 물이 흠뻑 젖은 채 옷가지 곳곳이 갈기갈기 찢긴 지은 선생의 모습, 그 장면 이상을 설명해줄 수 있는 이견은 없다고 확신했기에 그렇다. 승민이 할 말이 있다고 할지라도, 사람들에게 제대로 그 말을 전달할 수 없는 상황도 민태의 마음을 무겁게 짓눌렀다.

하지만 민태는 이 밤, 지금 이 순간만큼은 인내심의 한계를 느꼈다. 더는 기도하는 자세를 유지할 수 없었다. 두 손을 모으고 기도하던 자세를 풀고 제 두 귀를 틀어막아야 했다. 더는 들을 수가 없었다. 마음 깊은 곳부터 헤집는 듯한, 도저히 안정을 찾을 수 없을 듯한 고약한 비명과 신음이 뒤엉켜 문가의 견고한 틈을 뚫고 파고들었기 때문이다. 승민은 하루도 거르지 않고 밤마다 울고 발버둥질했다. 방 너머에서 어떤 일이 벌어지는지, 부러 상상하지 않아도 떠올릴 수 있는 장면이 눈을 감아도 선명히 각인되었다.

기도는 처음부터 불가능했으며 민태의 마음과 몸은 온통

자기 뜻을 알아 달라고 간절히 외치는 승민의 신음으로 지배당했다.

"그만."

"제발 그만."

"그만둬! 그만두라고! 그만둬!"

이곳이 공동체란 사실을 망각할 만큼 민태는 이성을 잃기 시작했다. 중요한 결단을 해야 했지만 한 시간, 아니, 삼십 분이 어려우면 단 십 분이라도 침묵과 고요의 때를 찾아 마음을 정리하고 싶었다. 하지만 민태는 절망했다. 태어나면서부터 승민은 그랬다. 승민은 민태의 시선에서, 죽은 아내의 시선에서 언제나 알 수 없는 그 무엇을 요구하기만 하는 아이였다. 언제나 불안했고 시선을 다른 곳에 둘 수가 없었다. 승민이 언제 어떤 돌발 행동을 벌일지 모른다는 만성적 불안에 거의 한 번도 마음의 안정을 찾을 수 없었다.

비명과도 같은 소리를 지른 민태가 그대로 자리에서 일어나 문을 열어젖혔다. 승민이 감금된 2층 복도의 끝, 방문을 열어젖히자 민태의 예상대로 두 손이 처절하게 묶인 승민은 바닥에 머리를 박으며 자신의 충족되지 않은 의사 표현을 위해 필사적이었다. 갑자기 문이 열려 다소 당황했는지 승민이 고개를 들었다. 얼마나 바닥에 머리를 짓이겼는지 이마가 붉게 달아오른 승민을 보는 순간 민태는 숨이 막혔다. 보고 싶지 않았다. 그 불안정하기만 한 승민의 흔들리는 눈동자를 결코 받아들이고 싶지 않았다.

"더럽고 역겨운 새끼야. 그만 떼써!"

"…."

"그만 고집부리고 그만 네 멋대로 굴라고!"

"…."

"네가 뭘 할 수 있는데! 뭘 할 수 있냐고!"

"…."

"쓸모 없는 새끼…."

마지막 내뱉은 민태의 말을 알아들은 걸까. 순전히 우연의 일치일까. 승민이 자리를 박차고 일어났다. 민태가 문을 열었다는 사실을 뒤늦게 감지한 뒤 보인 본능적 반응이었다. 승민은 두 손이 묶인 채 입안 가득 내내 중얼거리던 신음의 흔적으로 남긴 타액을 잔뜩 묻힌 채 버둥거리며 민태를 밀치고 2층 복도로 걸어 나왔다. 민태가 조심스럽게 그 뒤를 따랐다. 승민의 맹수 같은 신음을, 급작스럽게 쏟아 낸 민태의 고성을 모르지 않았을 테지만, 2층은 조용했다. 아니, 스무 명 이상이 잠들었을 공동체 공간 전체가 조용했다. 아무 반응도 보이지 않았다. 그 거대한 침묵이 민태를 더욱 절망하게 했다. 승민은 육중한 몸을 이끌고 쿵쿵거리며 1층 계단으로 내려갔고 내친김에 현관문을 열고 밖으로 나갔다. 하지만 그 누구도 반응하지 않았다. 마치 출애굽의 열 번째 재앙을 맞이하는 섬뜩한 안식처럼, 절대 밖으로 나오지 않고 자기 삶의 터전만큼은 빼앗기지 않으려는 소시민의 숨죽인 침묵처럼 아무도 반응하지 않았다.

승민을 따라 민태도 열린 현관문 너머로 나섰다. 장대비가 쏟아지는 밤이었고 수영장 내부에도 적잖은 양의 빗물이 채워져 있었다. 승민은 비록 두 손이 묶여 있었지만 망설이지 않았다. 튜브와 같은 소재로 되어 있는 자기 가슴팍 높이의 수영장으로 버둥거리며 뛰어들려고 했다. 처음엔 실패했지만 승민은 포기를 몰랐다. 수영장에 물이 채워져 있는 걸 본 이상 승민을 막을 수 있는 건 아무것도 없었다.

손이 묶인 탓에 단번에 입수하지 못하고 수영장 밖으로 고꾸라지길 여러 번 반복했다. 그럴 때마다 승민의 이마는 바닥 벽돌에 부딪혔고 승민의 얼굴은 어느새 피투성이가 되었다.

민태는 그저 지켜보기만 했다. 그 역시 아무것도 하지 않았다. 우두커니 서서 쏟아지는 장대비를 맞으며 승민을 먼발치에서 지켜보기만 했다. 깜깜했던 공동체 주택 방 안 불이 하나둘씩 켜지기 시작했다. 민태는 창문을 향해 고개를 들었다. 두꺼운 커튼에 가려져 창문 너머의 공동체 구성원의 표정이나 실체를 알 순 없었다. 의식과 같은 점등은 2층에서 3층으로 번지듯 확산했다.

어느새 승민이 수영장 안으로 들어갔다. 그 순간, 민태도 본능적으로 수영장 안으로 뛰어들었다. 첨벙거리는 소리와 함께 수영장의 물은 민태의 무릎에 다다를 정도로 채워져 있었다. 승민은 예상했던 것과 다르지 않은 패턴을 보여 주었다. 수영장에 뛰어든 뒤 그대로 머리를 박고 잠수를 시작했다. 숨을 참는 건 승민이 자신의 의견을 나타낼 수 있는 거의 유일한 방법이었다. 언제나 그래 왔다. 승민은 자신의 모든 걸 물속에 던져 원하는 바, 자신이 하고 싶은 말을 전달하려고 애썼다. 그게 승민의 정상이었고, 상식이었다.

하지만 민태의 머리와 마음엔 한 가지, 경멸과 절망으로 뒤엉킨 단 하나의 낱말만이 씁쓸하고 경악스러울 정도로 집요하게 떠돌았다.

'쓸모 없는 새끼'

'쓸모 없는 새끼'

민태는 승민에게 다가가지 않았다. 2분이 지나고 3분이 다 되어 갔지만 여전히 승민은 물속에서 머리를 꺼내지 않았다. 바로 옆에 서 있는 민태는 승민의 등을 토닥여 주지도, 살짝 두들겨 주지도 않았다. 아무것도 하지 않았다. 그저 창문 속에 숨어든 두꺼운 커튼처럼 더는 승민의 상식을 인정해 주고 싶지 않았다.

승민의 주위로 거칠게 물거품이 일기 시작했다. 승민이 계속되는 잠수를 견디지 못하고 몸에 경련을 일으키며 버둥거렸다. 민태는 계속 머릿속에서 메아리치는 '병신 새끼'란 혼잣말을 자신의 마음에서 떼어 내지 못하고 그 자리 그대로 반석처럼 서 있기만 했다. 어떤 반응도 보이지 않았다.

'이대로라면… 그대로 하늘나라로 갈 수 있을지도 몰라.'

'이대로라면….'

민태가 망설이는 사이, 승민의 경련도 잦아들어 갔다. 민태는 이제야 비로소 청명한 마음으로 기도를 할 수 있었다. 민태는 기도했다. 더없이 간절한 마음으로. 승민에게 만약 희망이 있다면 지금이라도 스스로 구원할 수 있게 해 달라고 신에게 기도했다. 자신이 등을 토닥여 주는 신호를 주지 않더라도, 승민이 이 스스로 빠진 고통의 늪으로부터 자신을 떳떳하게 구원할 수 있게 해 달라고 기도하고 또 기도했다.

민태의 기도가 잿빛으로 물든 응답이 되어 가는 순간이 도래했다. 물속에 머리를 스스로 가둔 승민의 자발적 감금은 멈추지 않고 지속되었다. 이대로라면 승민은 죽음의 늪에 스스로 빠져들 것이다. 수영장에서 지은 죄를 스스로 이기지 못하고 그 자신의 방법으로 해결하고자 했던 아이로,

아무리 자폐지만 본능적인 죄책감을 느끼고 스스로 생을 마감한 존재로 승민을 기억하는 게 명예로울 거란 멋대로의 짐작이 민태의 마음과 머리를 온통 물들여 버린 것이다.

그렇게 마지막 의식과 같은 순간이 도래할 때였다. 빗물을 뚫고 검은 물체 같은 것이 수영장 안으로 파고들었다. 순식간에 그 검은 물체가 물속에 있던 승민을 구원했다. 승민의 머리채를 붙잡고 단숨에 물로부터 승민의 얼굴을 분리했다. 그리고 승민의 심장을 두들기며 멎어 버린 숨을 쉬게 했다. 승민이 정신을 차릴 때까지 그 행동은 지속되었고, 민태는 그 검은 물체가 강민이란 걸 짐작한 순간 정신의 혼미함에서 깨어날 수 있었다.

정신을 차리고 상황을 지켜봤을 때, 민태는 자신을 노려보는 강민의 눈빛을 의식해야 했다. 승민이 숨을 쉬게 하는 데 필사적이던 강민은 더없이 원망스러운 눈길로 민태를 노려봤다. 민태는 강민의 눈빛을 보며 아무 말도 하지 못했다. 다리의 힘이 풀려 그 자리에 주저앉는 게 그가 할 수 있는 전부였다.

30

희미하거나 흐릿하게 지나쳐 버린 기억이라고 생각했다. 그렇지만 내내 시야에 잔상처럼 남은 표식과 같았다. 민태는 그렇게 그때의 어둠을 기억했다.

승민을 가까스로 살려 낸 강민과 수영장 밖으로 나와 마당 잔디밭에 주저앉아 있을 때, 더한층 기세를 더하며 쏟아지는 장대비를 맞던 민태는 온통 점등된 창문의 불빛을 응시했다. 처음엔 무의식적이거나 본능적인 돌아봄이었다. 하지만 금세 한 가지 특이점이 표식처럼 민태의 시야에 와 박혔다. 표식은 단순했지만 그 단순함만큼이나 또렷했다. 단하나의 방만이 불을 켜지 않았다. 1층 현관과 교육장에서부터 4층 옥탑방까지, 공동체 주택의 창문엔 화장실까지 포함해 거의 동시에 불이 켜졌다. 승민의 비명과 신음을 듣고 있던 공동체 일원이 한숨도 자지 않고 승민과 그의 아버지 정민태 목사의 대치 상황을 지켜보았던 것이다. 민태는 당연한 반응으로 받아들였다. 승민이 거의 매일 밤, 결박 상태를 답답해하며 신음을 내질렀기 때문에 숙식을 함께하는 공동체 사람 모두가 쉽게 잠들 수 없었던 것이라고 생각했다. 갑작스레 부서지듯 열린 방문, 복도를 거칠게 뛰어 가는 쿵쾅대는 발소리, 쾅 열린 현관문까지. 사람들은 이 모든 과정에서 발생한 소음에 정신을 차리고 불을 켜 수영장에서 벌어지는 일을 관음에 취한 환자처럼 지켜봤다. 그들 사이에는 3층에서 투병 활동과 공동체 운영에 촌각을 다투며 고민해 오던 유형식도 포함되어 있었다.

공동체의 최고 지도자까지 방의 불을 켠 상황, 3층의 오른쪽 마지막 창문의 불은 끝내 켜지지 않았다. 민태는 그 창의 불이 켜지지 않은 것에 대해 이상할 정도의 섬뜩함을 느꼈다. 김지호 안수집사. 공동체의 살림을 책임지고 생협을 운영하고, 각종 언론 활동을 통해 공동체를 알리며 후원을 이끌어 내는, 누구보다 공동체 활동에 헌신적인 그의 창엔 불이 켜지지 않았다.

하루가 지난 이 순간, 민태는 전날 그 깊은 밤 느꼈던 섬뜩함의 실체를 알 수 있었다. 불이 켜지지 않았던 건 김지호가 유난히 상황에 무감각하거나 무관심해서가 아니었다. 전날 그때부터, 아니 그보다 훨씬 이전부터 김지호는 공동체 공간에 있지 않았다. 생협 업무, 은행 업무 등 부득이한 외출이 아닌 경우엔 공동체 구성원 중 누구보다 더 열성적으로, 지겨울 만큼 공동체 공간을 지켜 온 그였다. 그런 김지호가 전날부터 하루가 지난 지금까지 자리를 비운 것이다.

불길한 예감은 단지 김지호가 보이지 않는다는 점에서 비롯한 것만은 아니었다. 김지호의 아내와 열일곱 살 아들까지도 보이지 않았다. 그러니까 가족 전체가 약속이라도 한 것처럼 보이지 않았다. 또한 김지호는 자신의 단출한 살림살이라 할 수 있는 옷과 책, 소지품을 모두 챙겨서 사라져 버렸다. 그럴 수도 있다. 민태는 김지호의 실종이 누구에게나 벌어질 수 있는 일이라 생각했다. 사람이라면 영원히 한자리에 머물 순 없는 존재이니까. 김지호가 누구보다 열정적으로 공동체의 일을 돌봤다고 하지만 오히려 그 열정과 헌신이 독과 절망이 되어 돌아올 수도 있으니까. 그렇기에 민태는 김지호도 충분히 공동체 생활을 거부할 수 있는 사람이라는 사실을 받아들이는 게 어려운 일은 아니라고 확신했다. 하지만 이 문제는 민태가 생각하는 것처럼 낭만적인 방향으로 흘러가지 않았다. 일요일 공동체의 죄 고백 시간이 아니면 좀처럼 자신의 방 밖으로 나오지 않던 그가 김지호의 행불 소식을 전해 듣자마자 뭔가 짐작한 게 있었는지 공동체 공간 이곳저곳을 돌아다니기 시작했다.

그 순간, 민태는 유형식이 그처럼 당황하고 경악하는 모습을 처음 보았다. 유형식은 민태가 한 번도 주의 깊게 보지 않은 공간을 수색하듯 살피기 시작했다. 주택 뒤편, 누가 피웠는지 모를 담배꽁초가 수북하게 쌓인 공간 옆에 자리한 컨테이너 창고를 뒤지던 유형식은 무언가 사라진 것을 눈치채고 절규의 비명을 질렀다. 유형식이 걱정되는 마음에 그의 뒤를 따랐던 민태가 무슨 일이냐고 물어도 유형식은 선뜻 답하지 못했다. 민태의 질문에 답할 만한 여력이 유형식에게 없었다.

창고, 지하 공간, 주차장 뒤편에 자리 잡은, 민태로서는 처음 보는 캐비닛까지 열어 본 유형식, 이를 지켜보던 민태는 처음 보는 장면임에도 뭔가 불길할 정도로 이상한 일이 벌어졌다는 느낌을 받았다. 보관되어 있어야 할 무언가가 사라졌다는 확신이 들었다. 그 불길함을 또 다른 절규로 화답한 것은 지은이었다. 혹시나 하는 마음으로 유형식은 마지막 순서대로 3층 자신의 방을 찾았다. 그의 집무실엔 이번에도 민태가 본 적 없는 벽걸이 액자 뒤편에 낡은 금고가 하나 있었다. 유형식은 금고의 비밀번호를 비교적 천천히 눌렀다. 그 떨림이 민태에게 고스란히 전달되었다. 그리고 열린 금고를 보는 순간, 언제부터 이 황망한 순간을 함께했는지 모를 지은이 소리를 질렀다. 진심에서 우러나오는 경악스러운 절규였다. 민태가 보아도 금고 내부는 엉망이 된 상태였다. 지은이 소리를 지르자 창백한 얼굴을 한 유형식이 고개를 돌려 지은을 바라봤다. 민태 역시 지은을 바라봤지만 지은의 시선은 엉망이 된 금고 내부에서 떨어질 엄두를 내지 못했다. 한참 후에야 지은이 입을 열었다. 입을 열어 소리쳤다. 절규하듯 독설을 뱉었다. 유형식과 민태는 아무것도 할 수 없었다. 유형식은 너무나 깊은 충격을 받은 탓이었고, 민태는 대체 어떤 일이 벌어진 건지 나름 정리해보고 있었다.

"대체 지금까지 뭐한 거야."

"지금까지 당신, 뭐한 거냐고!"

31

민태가 이전 교회에 있을 때 법조계에 있던 검사 출신의
변호사인 안수집사는 단 1시간 만에 관련 서류를 모두 검
토했다는 듯 파일을 덮었다. '선한 사람들의 공동체'와 관련
된 장부, 통장 거래 명세, 대출 관련 서류와 각종 회계 자료
였기에 민태는 한 번 더 자세히 살펴보길 원했다.

"한 번 더 자세히 살펴보시죠. 안수집사님."
"아니에요. 정 목사님. 이건…."
"네. 말씀하세요."
"더 마음만 쓰릴 것 같은데요."
"무슨 뜻이죠?"

짧은 한숨과 함께 팔짱을 낀 안수집사의 시선은 민태의
대각선 방향을 향했다. 1층 거실에서 벌어진 회동, 민태와
안수집사는 1층 테이블에 앉아 있었고 열 명 남짓한 다른
공동체 일원들은 불안함을 지우지 못하는 표정으로 곳곳에

서 있었다. 안수집사가 바라본 대상은 주방 바로 앞에서 웅크리고 앉아 있는 유형식이었다. 차갑게 굳은 납덩어리 같은 얼굴빛을 하고 절망 어린 표정으로 민태와 변호사, 둘을 초조하게 지켜보고 있었다. 그리고, 또 한 명. 이 상황을 지켜보는 공동체 일원, 지은도 1층에 함께했다. 민태가 채근하듯 말했다.

"솔직하게만 말해 주세요. 안수집사님. 지금 어떤 상황인 겁니까?"
"속되게 표현하는 게 제일 솔직한데, 말씀드려요?"
"네. 그래요. 정확한 현실 인식이 중요하니까요."

그러자 안수집사가 대뜸 고개를 단호하게 가로저으며 말했다.

"희망 없어요. 포기하세요."
"…뭘 포기해요?"
"여기요."
"무슨 뜻이에요?"

"말 그대로예요. 김지호 이 인간, 작년부터 이미 철저히 준비했어요."

"…."

"부동산 대출을 제2, 3금융권까지 끌어와서 받은 상태에서 공중분해시켰어요. 한 달 대출 이자만 2천이 넘는데."

"어떻게…. 김지호가 그런 권리를 행사할 수 있는 거죠?"

"회계 서류며, 정관이며, 유형식 목사님이 대표로 한 것처럼 보이지만 모두 조작한 거예요."

"조작이요?"

"유형식 목사님이 쥐고 있던 땅문서, 집, 계약서 모두 무효예요. 김지호가 그렇게 만들었어요."

유형식의 표정은 더 어둡게 굳어 갔다. 다른 사람들도 역시 심각해졌다. 그들의 거의 모든 재산이 이곳 공동체에 집중된 걸 모르지 않은 민태였기에 사태의 심각성이 더 예민하게 느껴졌다. 변호사는 가혹할 정도로 담백하게 현 상황을 진단했다. 민태의 당연해 보이는 질문을 보기 좋게 뭉개 버린 것이다.

"이 정도면 당장 사기죄로 고소부터 해야 하지 않나요?"

"희망 없어요."

"왜죠?"

"유형식 목사님이 자초했으니까."

"뭘? 어떤 걸 유 목사님이 자초했다는 거예요?"

"유형식 목사님이 분식 재정을 시도한 게 원인이라면 믿겠어요?"

"분식… 재정?"

"김지호와 담합해 차명계좌로 돈을 마련해 왔어요. 쉽게 말해 돈세탁을 한 거죠."

안수집사의 말에 당황한 유형식은 당연하다는 듯 답했다.

"세금이나 쓸데없는 돈 좀 아껴 보겠다고 한 게 전부요. 다른 뜻은 없어."

"다른 뜻이 없으셨는지는 모르겠지만."

"…"

"지금 시점에서 확실한 사실은 김지호란 사람을 고소할

수도 없고, 돈을 합법적으로 찾을 수도 없단 점이에요."

변호사인 안수집사는 그 말을 끝으로 더 말하지 않았다. 더 말할 것도 없는 것이 사실이었지만, 1층에 모인 사람들을 짓누르는 참혹한 무게감에 무언가를 더하고 싶지 않았던 게 더 컸다. 민태도 그를 더 붙잡지 못했다. 다만, 자리에서 일어난 안수집사가 건넨 한마디 말을 유일한 위로로 삼아야 했다. 지금으로선 그랬다.

"오늘 제가 본 거… 비밀은 지켜 드릴게요. 약속은 약속이니까."

32

일요일, 아르바이트를 마치고 돌아오는 길에 강민은 스

마트폰 잠금을 풀고 카메라 앨범을 검색했다. 30분의 배차 간격으로 시간을 정확히 맞춰야만 탈 수 있는 광역버스, '선한 사람들의 공동체'가 있는 외진 곳까지 들어가는 버스 안엔 사람이 거의 없었다. 맨 뒷좌석에 최대한 편안한 자세로 앉아 차창 너머로 비치는 어둑어둑한 이른 저녁의 풍경을 바라보던 강민이 형 승민과 함께 찍은 사진을 검색하는 데는 별도의 진지한 고민이나 준비가 필요하지 않았다. 평소와 다를 바 없는 여일한 소일거리였다. 하지만 늘 그랬듯이 승민과 함께 찍은 사진을 두어 장 살피던 강민의 표정이 이내 어두워졌다. 그건 일종의 반사 작용 같은 것이었다. 형의 초점을 잃은 눈동자, 주위를 의식할 줄 몰라 자신이 사진에 찍히는지도 모르는, 그래서 더 깊이 자기만의 세계에 빠진 형 승민을 보고 있노라면 왠지 모를 분노가 치밀었다.

강민은 처음에 그 분노가 승민의 태생적인 결함이라 할 수 있는 멍청함 때문이라고 생각했다. 아니, 그렇게 믿었다. 거의 태어날 때부터 잘못 태어나서 세상으로부터 손가락질 받고 죽을 때까지 정상인들에게 소위 민폐로 낙인찍혀 살아가야 할 운명이란 사실, 그 더러운 운명의 공여자인 가족이 바로 자신이란 사실에 대한 한탄에서 분노가 비롯했다고 생각했다. 하지만 제법 다양하게 담아 놓은 온 가족이 모여 찍은 사진들을 보며 강민은 문득 그 분노의 화살이 자기 자신을 향하고 있음을 또렷하게 실감했다. 승민은 승민의 시간과 세계를 보낼 뿐이다. 자신이 원하는 걸 가장 순진하고 왜곡 없는 방식으로 가족에게, 세상 사람들에게 알리고 싶었을 뿐이다. 그걸 가만 보고 있지 못하는 건 우리 모두다. 가족부터가 그랬다. 승민의 초점 잃은 시선, 절대로 정확하고 세련되게 할 수 없는 의사 표현, 정상인이라 자부하는 이들이 멋대로 정해 놓은 기준에 부합하지 않는 모습을 보며 은연중 쏟아붓는 마음의 독설과 조롱까지. 강민의 분노는 형을 '병신 새끼'라고 몰아붙이던 자신을 향한 것이었다. 이 사실을 문득 깨달았을 때, 그는 어쩌면 마지막이 될지도 모를 공동체 예배에서 고백할 만한 죄 고백의 깜을 찾았다는 짐작을 하게 되었다. 그 짐작에 고개를 들었던 순간과 광역버스가 종점 바로 직전 정류장인 공동체 앞에 정차하는 순간이 우연의 일치처럼 들어맞았다. 순간, 화들짝 놀란 강민은 자리를 박차고 일어나 버스에서 내렸다.

두 달 남짓을 이곳 '선한 사람들의 공동체'에서 보냈지만 강민에게 이곳은 여전히 부적응의 공간이었다. 자율 수업으로 진행되던 대안학교 수업은 거의 듣지 않았고, 자신에게 할당된 방에도 좀처럼 들어가 자 본 적이 없었다. 대신 강민은 앞으로 자신이 먹고살 것은 스스로 벌기 위해 하루에도 두세 군데씩 돌아다니며 아르바이트를 해 돈을 벌었다. 이럴 때는 일반학교에 다니는 것보다 대안학교를 다니는 게 훨씬 낫겠다는 생각을 했다.

그렇게 아르바이트를 하며 시간을 보내던 중, 아버지 민태로부터 문자를 받았다. 아마도 이곳에서의 생활이 마지막이 될 것 같다는 내용이 문자의 전부였다. 이곳 공동체의 설립자가 아프다는 건 굳이 당사자가 말로 떠들지 않아도 초췌하고 퀭한 모습을 봤을 때부터 알고 있던 사실이다. 암 말기 환자란 사실을 못 박듯 강조하며 아마도 마지막 주일 예배가 될 거란 통보를 받았을 때, 강민은 편의점 추가 근무를 중단하고 돌아와야 할 정도로 아버지 민태에게서 다급함과 단호함을 느꼈다.

버스에서 내린 강민은 한걸음에 공동체 주택 입구에 이르렀지만 바로 현관 안으로 들어서지 않았다. 담배를 한 대 피우기 위해 수영장 뒤편 비품과 짐이 쌓여 있는 장소로 걸어갔다. 그곳에 멈춰 서서 입에 문 담배에 불을 붙였을 때,

강민의 눈에 들어온 건 일주일 전보다 더 많이 쌓인 비품과 재활용 쓰레기가 아닌 평소처럼 구석 자리에 웅크리고 앉아 담배를 피우고 있는 지은이었다. 강민은 지은에게서 눈을 떼지 않았다. 그건 지은 역시 마찬가지였다. 입구의 철문이 열렸을 때만 해도 지은은 입구에서 일어나는 어떤 인기척에도 반응하지 않고 담배 피우는 일에만 열중했다. 하지만 강민이 자신의 아지트에 밉지 않은 점령군처럼 들어온 순간, 그녀는 강민에게서 눈을 떼지 않았다. 강민 역시 마찬가지였다. 강민에게 지은은 쉽게 눈을 뗄 수 없게 만드는 모습으로 다가왔다. 평소와 또 달랐다. 지은은 강민을 보고도 아무 반응을 보이지 않았다. 담배를 비벼 끄는 일도 하지 않았다. 그녀는 강민에게 아무 말도 걸지 않았지만, 그렇다고 그에게서 시선을 떼지도 않았다. 분명한 시선의 교류 속에서 오히려 먼저 입을 연 건 강민이었다.

"예배 있잖아요."

"…"

"시작한 거 같은데, 안 들어가나…?"

"넌 왜?"

"네?"

"넌 관심 없잖아. 예배 같은 거… 그런데 오늘은 왜 해? 예배."

"마지막이라고 해서."

강민의 답은 담백했다. 마지막일지도 몰라서. 의외로 지은은 강민의 답을 듣자 고개를 슬쩍 끄덕였다. 그리고 꽁초를 떨어뜨린 뒤 비벼 끄며 자리에서 일어섰다.

"그래. 마지막…."

"…."

"마지막일지 모르지. 맞아. 그래. 그러니까 들어가자."

"…."

"그런데 너, 이 예배 할 줄 알아? 어떻게 하는지."

"예배가 예배지. 어떻게 하고 말고가 어디 있어."

강민은 한 번도 공동체 예배에 참석하지 않았다. 처음이자 마지막 예배인 셈이었다. 지은이 그런 강민을 보며 웃음기가 사라진 표정으로 답했다.

"배워야만, 그래야만 할 수 있는 예배야."

"그래요?"

"마지막이라 해도 배워 둬."

"…."

"들어가자."

  지은이 앞장서서 현관문을 열었다. 이상하게 불길했다. 불길함을 느낀 건 강민이었다. 알 수 없는 불길함이 들불처럼 강민을 휘감았다.

33

  마지막이라는 말은 언제나 불안의 정서를 수반한다. 그 과정이 얼마나 매끄러웠든, 혹은 지겹고 고통스러워 벗어나고 싶었든 상관없이 모든 의미에 마지막이란 신호가 붙으면 그 정서가 전달하는 파급력은 늘 다소간의 불안을 품고 있는 법이다.

아직은 어린 나이다. 이제 막 18세가 된 강민이 이 불안의 정서를 충분히 체득하기엔 어린 나이가 분명했다. 물론 외부에서 볼 땐 해괴망측한 측면이 선연하게 녹여 들긴 했어도 늘 해 온 공동체 예배, 공동체의 죄 고백이니까, 그렇게 대수롭지 않게 넘어갈 수 있을 거라고 생각했다. 그만큼 강민은 지은의 요청으로 주일 저녁 공동체 예배에 참석했다.

공동체 예배는 늘 그랬듯 삭막하고 건조한 분위기를 연출했다. 흔하고 정기적 의례처럼 진행하던 저녁 식사도 없었다. 저녁 6시부터 공동체 사람들은 한결같이 무거운 표정을 짊어진 채 약속이라도 한 것처럼 정해진 자리에 앉았다. 평소 앉던 자리, 미리 정해진 자리 같은 개념이었다. 그리고 잠시 후 민태가 2층에서 내려왔고, 기다렸다는 듯 다른 장애인 학생들도 따라 내려왔다. 그들 중엔 승민도 있었다.

지은은 평소처럼 현관문 근처에 자리를 잡았다. 그녀는 앉는 법이 없었다. 항상 사람들과 일정 간격을 두고 떨어져

벽에 등을 기댄 채 팔짱을 끼고 서 있었다. 자신의 모습이 상황을 예의 주시하는 감시자의 모습처럼 비치는 걸 부러 외면하지 않았다. 그리고 또 잠시의 시간이 지난 뒤에야 유형식이 모습을 드러냈다. 수천 권의 책이 늘어선 책장을 배경 삼아 마련된 자리에 앉은 유형식을 얼핏 본 강민의 내면에선 대뜸 아찔한 장탄식이 흘러나왔다. 처음 이곳에 입소할 때 본 유형식의 모습이 전혀 아니었기 때문이다.

처음 봤을 때도 중증의 암 투병 환자가 풍길 수 있는 병색은 존재했다. 피할 수 없는 어두운 숙환의 그늘이 드리워져 있었다. 하지만 유형식의 표정엔 나름의 기개가 있었고 논리적 설명이 어려운 초연함이 깃들어 있었다. 강민은 목사인 아버지 민태 역시 유형식의 일종의 카리스마에 동화된 그 심정을 조심스럽게 이해할 수 있었다. 하지만 불과 몇 달 만에 대체 무슨 일이 일어난 건지 유형식의 모습은 몰라볼 정도로 초췌해졌다. 외모의 형편없음도 재고의 여지 없이 두드러지게 나타났지만, 강민은 유형식의 총기를 잃어버린 눈빛에 주목했다. 일거에 쏟아져 해일처럼 내려앉은 불안과 공포에 사로잡힌 눈빛에선 이전에 보여 주었던 죽음마저도 넉넉히 극복할 법한 초연한 구석을 찾아볼 수 없었다.

　무엇보다 강민은 급격한 쇠락의 징후를 보이는 유형식을 살피는 아버지, 민태를 주목했다. 아버지가 그를 어떻게 보는지가 무엇보다 강민에겐 중요했고, 그 대상의 눈빛을 확인하는 순간 도리어 강민은 급격하게 불안해지기 시작했다. 유형식을 바라보는 민태의 시선은 몰라볼 정도로 차갑고 건조했다. 어떤 암묵적 동조를 할 필요도, 의지도 없다는 듯한 살벌한 무감각으로 무장한 눈빛이었다. 민태 역시 유형식과는 일정한 거리를 둔 자리에 서 있었고 그때 문득 강민은 시선의 방향을 크게 돌려 공동체 사람들을 둘러보았다. 유형식을 바라보는 사람들의 시선에서 혹독한 차가움을 확인하고 말았다. 승민을 비롯한 돌봄이 필요한 지적 장애인 학생 몇몇은 자기들의 세계에 빠져 이 예배의 특수한 살벌함을 외면하고 있었다.

　무거운 침묵을 깨고 유형식이 운을 띄우듯 말문을 열었다. 하지만 그가 연 말문과 시작의 불꽃은 시작도 하기 전에 제압되고 말았다. 그건 누구도 예견하지 못한, 차가운 절망 위에 쏟아진 식은 오물과 같았다.

"예배를 시작할까요? 기도로 시작하면….."

"잠깐만요. 기도 전에 해야 할 게 있습니다."

"예배는 깨끗한 마음과 진실한 기도로 시작해야 하는 것이….."

"진실한 기도가 입 밖으로 나오려면 죄 고백부터 해야 하는 게 아닌가요?"

지은이 뱉은 말이었다. 그녀는 한 문장, 한 낱말, 대못을 박듯 또박또박 말했다. 공동체의 일원들, 그들의 눈빛이 동요하기 시작한 것도 지은의 말이 시작되고 난 직후부터였다. 당황한 유형식이 얼버무리듯, 시선의 초점을 제대로 맞추지 못하고 말을 이어 나갔다.

"잠깐만. 지은아. 기도하고 난 다음에 말하거라."

"왜죠?"

"왜냐고? 예배도 예배지만 오늘은 특별히 지체들과 나눌 얘기가 있어서….."

"김지호라는 사기꾼한테 속아 공동체 전 재산을 바닥까지 다 털린 얘기요?"

"지은아."

"여기 모인 사람 중 그거 모르는 사람 있어요? 다 알고 있어요. 지금 허탈해하고 황당해하는 거 안 보이세요?"

마치 지은이 공동체 사람들의 안타까운 현재 심경을 대변하는 것 같았다. 일리 있는 항변이었다. 김지호가 재정을 관리한 통에 주먹구구식으로 이용된 모든 재정적 허점이 부메랑이 되어 돌아왔다. 생협 운영도, 공동체가 거액의 대출을 공동의 책임으로 끌어안고 얻은 거액의 주택자금대출도, 그동안 공동체 식구와 이곳을 직간접적으로 알고 있는 이들이 보내 준 후원금까지, 그 모든 걸 야무지게, 하루아침에 김지호가 털어 간 상황이다. 심지어 유형식의 실비 보험료 청구액까지. 그때 강민은 지은의 눈빛에서 아버지 유형식을 향한 분명한 경멸의 눈빛을 읽을 수 있었다. 아무리 객관적이고 있는 그대로 보려 해도 강민이 본 그 눈빛은 명백한 경멸이었다.

"허탈하고 황당해도 우린 그리스도의 사랑으로 뭉쳤어. 그 사랑의 힘을 붙잡고 우린 또 믿음의 길을…."

"사랑의 힘? 이런 것도 사랑의 힘인가요?"

"뭐?"

"입양한 딸의 방에 밤마다 들어와 상습적으로 추행하는 건 기본이고 성폭행을 자행하는 것도 사랑의 힘이라고 할 수 있어요?"

지은의 목소리가 처음으로 떨리는 걸 느꼈다. 강민은 분명 그랬다. 여태껏 한 번도, 일정한 목소리 톤이 변한 적 없던 지은이었는데, 지금은 분명 달랐다. 지은이 유형식을 향한 경멸의 독설을 뱉는 순간 공동체 사람들의 표정 역시 차갑게 굳어 갔다. 지은의 시선이 공동체 식구들을 향했다.

"그걸 매주 죄 고백이란 이름으로 대충 뭉개고 넘어가고 또 한 주가 시작하면 수치스럽고 위선적인 행동을 반복하는 거, 그런 걸 알고도 넘어가는 사람들은 또 뭐죠?"

"지은아. 지금 무슨 말을 하는 거냐? 성폭행이라니."

"진실은 누구보다 가해자가 제일 잘 아는 법이에요. 아닌가요?"

"정신 차려! 사탄, 귀신이 들려 아무 말이나 막 뱉으면 다인 줄 알아!"

"사탄! 사탄! 사탄!"

지은이 비명을 지르듯 '사탄'이란 고유명사를 절규하듯 반복했다. 공동체 사람들 모두 경악하듯, 또는 절망하듯 이 상황을 벗어나고 싶어 했다. 하지만 벗어날 수 없었다. 지은이 죄 고백을 시작한 것이다. 그 어느 때보다도 진실한, 여기 모인 사람들이 결코 벗어날 수 없는 어둠의 고백 같은 것이었다. 흥분을 감추지 못한 지은이 1층의 중심으로 성큼 걸어 나오기 시작했다. 그 시작은 마침내 베일을 벗은 무대의 중심에 선 주인공이 결코 관객들이 듣고 싶지 않은 독백을 시작하는 억지스러운 필연과 같았다.

"사탄 맞지! 당신 같은 인간에게 입양이란 이름으로 팔려와 노예, 개, 돼지처럼 사육당하면서도 버틴 멍청하고 순종적인 나 같은 년이 사탄이 아니면 누가 사탄이겠어. 안 그래?"

지은은 공동체 사람들 전체를 둘러보며 소리치듯 말했

다. 그들 중엔 민태도 있었고, 강민도 있었다. 또한 지은이 어떤 말을 하든 벽을 보며 가만히 서 있는 승민의 뒤통수를 향해서도 독기 어린 시선을 피하지 않았다.

"내가 짐승처럼 강간당해도 당신들 마음엔 유형식과 똑같은 생각을 하고 있었을 거야. 살인자의 딸이니 이 정도는 당해도 된다고…."

"…"

"맞아. 틀린 말 아니야. 나도 이 빌어먹을 공동체 죄 고백을 꼬박꼬박 해 대면서 정말 그런가 보다 하고 세뇌되었으니까. 그런데, 그런데 말이야. 씨발."

지은이 더 성큼 다가갔다. 순간, 모인 이들의 표정이 더 강하게 굳었다. 지은이 다가간 대상은 유형식이었다. 지은은 누가 말릴 겨를도 없이 그대로 유형식의 어깨를 잡아끌어 의자에서 바닥으로 내동댕이쳤다. 바싹 마른 유형식이 초인적인 악력을 발휘한 지은의 무력에 의해 비명 한마디 제대로 지르지 못하고 바닥을 구르기 시작했다. 지은은 완전히 다른 존재가 되었고, 이후 내뱉는 말들은 귀 기울여

듣지 않으면 무슨 말인지 모를 정도로 가혹하게 짓뭉개져
있었다.

"그래도 씨발. 그렇게 몸 대 주고 봉사한 살인자의 딸에
게도 남는 건 있어야 할 거 아냐! 저 바보들 가르친다고 지
랄 발광하면서도 이 답답한 곳에 처박혀 있던 내 청춘을 보
상해 줘야 할 거 아니냐고!"
"……."

"안 그래! 안 그러냐고! 이 진짜 사탄 새끼야! 이 병들고
멍청하고, 한 번에 다 털린 이 거지 같은 개새끼야! 말해!
말해 보라고!"

말리고 싶었다. 강민이 지켜본 이 장면의 수치스러움은
분명 그랬다. 수치스럽고 민망했다. 자신의 입양 딸에게 발
로 짓밟히면서 순식간에 욕받이가 되어 버린 한 공동체의
지도자를 지켜보는 일의 수치도 그랬지만, 이를 보고서도
아무 조치를 하지 않는 공동체 사람들의 무심함에서 풍기
는 민망함은 더욱 견딜 수가 없었다. 강민은 알고 싶었다.
그래서 민태를 바라보았는지도 모른다. 이곳에 우리가 왜

와야 했는지, 지금 벌어지고 있는 이 상황이 무슨 의미인지,
앞으로 우린 뭘 어떻게 해야 하는지. 하지만 강민은 아버지
민태가 무슨 생각을 하는지 전혀 알 수가 없었다.

"너한테 강간당해도 난 참았어! 미쳐 버릴 것 같았는데도
참았지."

"…."

"적어도 여기에 눌러앉으면…. 최소한…. 최소한…."

"…."

"진짜… 진짜 이건 아니야. 지옥도 이런 지옥이 없어!"

34

"말해요."

"…."

"선생님. 말해요."

강민이 지은을 붙잡았다. 의붓아버지 유형식을 향해 패
륜적인 행동을 벌인 지은이 발작 직전에 1층을 벗어났다.
그 순간 강민이 반사적으로 지은의 뒤를 쫓았다. 지은은 현
관문을 박차고 대문을 부수듯 열고 밖으로 나왔다. 차도에
선 요란하게 할퀴듯 덤프트럭의 질주하는 굉음이 들렸다.
트럭의 클랙슨에 맞춰 지은이 비명을 질렀다. 소리를 지르
며 두 손으로 머리를 움켜쥔 모습에는 괴로운 감정이 역력
히 묻어 있었다.

하지만 강민은 지은을 배려할 심적 여유가 없었다. 방금
공동체 주택 1층에서 벌어진 끔찍하게 해괴하지만, 결코 잊
을 수 없는 사태를 목격한 뒤 확인해야 할 마지막 한 가지
가 머리와 마음을 강하게 두들겨 댔기 때문이다.

"말하라고!"
"뭘! 뭘 말해?"
"…."
"다 봤잖아. 됐어. 다 끝났어. 이게 마지막이야."

"뭐가 마지막인데?"

"여기 말이야. 이제 끝이야. 더 희망 없어. 그러니까 짐 싸서 떠나라고."

"그건 내가 알아서 할 일이고, 말해요."

"뭘?"

"…."

"대체 아까부터 뭘 말하라는 거야!"

발광과 절망에 휩싸인 지은이 가까스로 자신과 눈을 마주칠 수준이 되었다고 느낀 순간, 강민은 숨을 한 번 크게 고른 뒤 물었다. 진짜 묻고 싶은 게 있었던 것이다.

"전부 거짓이에요? 아님… 어떤 게 거짓이고 진짜야?"

"뭐가?"

"성폭행당했다는 거."

"내가… 그런 것 가지고 거짓말할 것 같아?"

"진짜예요?"

"아까 말할 때, 가만히 보고 있던 사람들을 봐. 그 눈빛을 보라고."

"…."

"그 인간들, 다 알고 있어. 여기서 이 생활한 지가 벌써 몇 년인데."

"그럼, 형은 뭔데?"

"뭐?"

"그것도 진짜냐고? 승민이 형한테 성폭행당한 거."

"…."

지은의 눈빛이 흔들렸다. 강민은 믿고 싶지 않았다. 차라리 지은이 바로 답을 하길 바랐다. 그것도 진짜라고 말이다. 하지만 침묵은 지속되었고, 지은의 표정은 도리어 차분해졌다. 강민이 점점 더 당황해했다.

"왜 말을 안 해요?"

"…."

"왜 안 하냐고!"

"진짜였으면 좋겠어?"

"뭐?"

"니네 형이 그런 게 진짜였으면 좋겠냐고."

"…."

"너도 쉽게 대답 못 하잖아. 나도 그래."

"…."

"나도 그렇다고."

35

"거짓말이야."

"…."

"그년이 뱉은 모든 말, 새빨간 거짓말이라고."

중환자실로 다시 이송되는 구급차 안에서도, 심폐 소생
이 필요할 정도로 절박한 상황이면서도 유형식은 자신의
옆을 이제는 유일하게 지키고 있는 정민태를 향해 핏발 선
안광을 거침없이 쏟아 냈다.

조금이라도 몸이나 정신에 자극이 오면 치명적인 수준으로 몸 상태가 악화하는 말기 암 환자인 유형식의 몸 특성상, 작심하고 덤벼든 지은의 외침과 절규, 이어지는 어처구니없는 폭행에 유형식은 속절없이 무너지고 말았다. 지은이 나간 뒤 기침을 하며 바닥에 두 손, 두 발을 대고 힘겹게 버둥거리는 게 그가 할 수 있는 전부였다. 하지만 그 상황에서 누구도 유형식을 돕지 않았다. 차갑고 비정한 눈길로 엎드린 채 각혈에 가까운 기침을 쏟아 내는 유형식을 내려다볼 뿐이었다.

그때 유형식을 위해 119와 단골 종합병원에 연달아 전화를 건 사람은 민태, 혼자였다. 민태는 무너져 가는 유형식을 보며 다른 판단을 할 수 없었다. 일단은 본능대로 죽어 가는 사람을 응급실로 데리고 가는 게 급선무라 생각했다.

하지만 유형식에게 긴박한 죽음의 신호보다 더 긴박한 건 자신의 결백 주장이었다. 민태의 옷가지를 험악하게 붙잡은 유형식이 죽음의 병색 가득한 낯빛을 하고서도 끝까지 들려줄 말이 있었던 모양이었다. 아무 대꾸도 하지 않는 민태를 보며 유형식은 더한 조바심과 애타는 조갈을 담은 표정을 담아 말을 이었다.

"알잖아. 그 애 부모가 그랬어."

"누구… 말입니까?"

"누구긴 누구야! 그 애, 나한테 패륜적인 짓을 벌인 그 애, 부모도 거짓말쟁이였다고."

"무슨 소리예요?"

"내 아내하고 친 아이를 죽였어. 그거…. 정 목사도 알지? 알잖아!"

"말씀해 보세요. 계속요."

"그 살인마, 면회할 때는 내 앞에 무릎이라도 꿇는 시늉을 하며 잘못했다고 빌었어. 그걸 난 믿었지…. 하나님이 나한테 참된 용서를 하라고 지워 준 시련의 멍에라고 생각했어."

"그런데요?"

"그래. 그렇게 믿었어. 그런데…. 그런데…. 그게 아닌 거야."

"뭐가 아니라는 거죠?"

"거짓말이었어. 다 거짓말이었다고."

"거짓말?"

"겉으로는 용서해 달라고 빌지만, 난 그 살인마의 눈빛에서 마귀를 봤어."

"…."

"그 처연하고 불쌍한 눈빛으로 날 조롱하고 우습게 보는 마귀를 봤다고!"

"…."

"진짜 봤어! 진짜 봤다고!"

"그래서 그게 유지은 선생한테도 보였다는 겁니까?"

"내 말이…. 거짓말을 하는 거야. 유지은, 아니 그 살인마의 딸이 겉으론 착하게 말 잘 듣는 척하다가 이렇게 결정적인 순간에 뒤통수를 치는 거라고."

"목사님."

"그 씨발년…. 날 향해 욕하는 거 봤어? 소리치는 거 봤냐고! 정 목사…. 그 살인마도 마귀였고, 그 살인마의 딸도 마귀 새끼였어. 난 지금까지 회개할 수 없는 마귀들을 데리고 있던 거라고. 속은 거라고!"

"…."

"김지호, 그 인간도, 날 기생충처럼 바라보는 식구들, 그 모든 저렴한 쓰레기들이 다 마귀였던 거야. 마귀, 마귀라고!"

"마귀인지 뭔지는 궁금하지 않아요."

"뭐? 뭐라고?"

"제가 알고 싶은 건 하나예요. 하나라고요."

"마귀가 중요하지 않아? 그럼 뭐가 중요해?"

"정말 유지은 선생이 한 말이 맞아요? 정말 그랬어요?"

"거짓말이라고 하잖아! 마귀의 딸년이야! 거짓말하는 거라고."

"마귀든 아니든 중요한 게 아니라고 했잖아요."

"살인자 딸년한테…. 지금까지…. 먹여 주고…. 재워 주고…. 검정고시 보게 하고…. 씨발, 이 정도면 할 만큼 한 거 아니야? 안 그래? 안 그러냐고. 정 목사."

"그건…. 본질이 아니에요."

"씨발. 살인자 딸년한테 이런 취급이나 받는 게 말이 되냐고. 그러니까 마귀하고 마귀 새끼들인 거야. 씨발."

각혈을 시작했다. 곧바로 구급대원이 심폐 소생을 시작했고 호흡기가 착용되었다. 유형식은 산소 호흡기를 착용한 뒤로도 눈을 감지 못하고 정민태를 쳐다봤다. 더한 억울함을 쏟아 내고 싶은 울분에 가득한 심정이었다.

그렇게 유형식은 민태의 눈에서 사라져 갔다. 할 말을 가득 끌어안은 채, 중환자실을 향하는 구급차 안에서. 그 모습을 민태가 바라봤다. 오히려 더 차갑고 건조한 시선으로 유형식의 임종을 지켜봐야 했다.

36

압류딱지. 철거통지서.

모든 것이 속수무책인 상황이었다. 민태는 유형식의 장례를 마치고 '선한 사람들의 공동체' 주택으로 돌아왔다. 유형식의 죽음을 애도할 겨를도 없이 퇴거 명령이 기다리고 있었다. 신원 불상의 주거자가 된 민태가 문을 연 곳은 유형식의 방이었다. 다양해 보이는 성경책이 가지런히 놓여 있는 작은 테이블과 침대, 먼지가 쌓일 정도로 한가득 모여 있는, 오랜 투병 생활을 암시하게 하는 약봉지들이 눈에 띄었다.

공동체 식구들 모두가 장례식장을 지키지 않았던 탓에 집으로 돌아오면 있으리라 예상했지만 제법 거대한 공동체 주택엔 아무도 없었다. 식사 때가 되면 와자지껄했던 식당도, 조잡한 품질이 눈에 거슬리긴 했어도 자급자족을 위해 최선을 다해 만들던 수공업 작업장도, 마당을 오가면서 한 번씩은 스치던 간이용 수영장도, 그 모든 사물이 이제 정지된 상태, 그대로 남아 버렸다. 마치 방치된 사물처럼.

모든 것이 멈춰 버린 순간에 민태는 스마트폰을 살폈다. 민태와 가족의 안부를 묻는 주변 사람의 문자와 기타 연락이 백여 통 가까이 쌓여 있었다. 급작스러운 몰락에 주위 사람들의 걱정이 민태보다 훨씬 더 컸던 것이 사실이다. 하지만 그 모든 연락보다 민태의 눈에 띈 건 강민의 짧은 문자 메시지였다. 정확히 말하면 강민이 직접 보낸 문자는 아니었다. 지역 번호 02로 시작하는 청소년쉼터 관계자로부터 전달된 강민의 안부였다.

강일동 청소년쉼터입니다. 강민이 아버님 맞으시죠? 강

민이 여기 있으니 걱정하지 마시고 편할 때 강민이에게 연락 취하시면 좋겠습니다.

　장례식장 때부터 보이지 않았던 걸까. 아니, 그 이전, 유형식이 최후로 무너지던 그날, 공동체 예배 때부터 강민을 볼 수 없었다. 이상하게도 민태 역시 자신의 시야에서 사라진 강민을 더는 찾지 않았다. 비참할 정도로 무심해진 자신을 보며 민태는 의아해했다. 그건 장례식장 관계자가 유형식의 가족에게 연락을 취해야 한다는 채근을 받으면서도 지은을 비롯해 누구에게도 연락을 취하지 않았을 때의 무심함과 닮아 있었다. 사실 돌이켜 보니 연락처를 알지 못했다. 강민도 마찬가지였다. 민태가 연락처를 검색해 봤다. SNS 메시지로 연결되어 있어 당연히 아들의 스마트폰 연락처는 알고 있을 거라고 생각했다. 하지만 민태의 폰 연락처에는 아들 강민이 없었다. 유형식 목사의 폰에 누구의 전화번호도 제대로 저장되어 있지 않은 것처럼.
　한참을 멍하니 앉아 있다가 문득 민태의 시선이 창밖을 향했다. 슬쩍 열려 있는 창문 너머로 희미하지만 분명한 첨벙거리는 물소리가 들린 탓이다. 민태의 시선은 3층 창밖

아래, 마당의 수영장을 향했다. 누가, 어떻게 채워 두었는지 모르겠지만 간이식 수영장엔 평소와 다르게 물이 가득 들어차 있었다. 성인 남자의 허리춤까지 다다를 정도의 수면 높이였다.

민태의 시선은 물이 들어찬 수영장에 서 있는 한 남자에게로 향했다. 모두가 떠나고 혼자 남은 줄로만 알았던 민태의 곁을 여전히 지키고 있는 그 한 남자, 승민이 물속에 두 발을 딛고 서 있었다. 승민은 아무것도 입지 않은 상태였다. 주변에 옷가지가 없는 걸 보니 처음부터 옷을 입지 않고 수영장에 들어간 듯 보였다. 그런데 이상했다. 민태는 승민의 벗은 몸을 보면서도 거부감이 들지 않았다. 승민은 그저 승민이었다. 정상을 말하는 사람의 눈으로 볼 때, 그 정상의 기준에서 보면 승민은 위태롭고 불안한 자폐 장애인이다. 정상과 비정상을 빼고 나면 승민은 그저 수영장이 신기하고 물 위를 걸으며 첨벙거리는 감촉과 느낌을 한없이 누리고 싶은 사람, 그 이상도 이하도 아니었다.

승민은 하염없이 수영장에서 벗은 몸으로 서 있었다. 딱히 헤엄을 치거나 물속에 머리를 박거나 하지 않았다. 언제까지라도 그 상태 그대로 서 있었고, 아무렇지 않은 듯 보였다. 모든 게 멈춰 버린 풍경 일부처럼, 그렇게 민태도 물 속의 승민처럼 그 자리를 그대로 지키고 있었다.

작가의 말

슬프고 힘들어도 기억하고 대면해야 할 때가 있습니다. '때'는 예비하고 갖춰진 일정한 규칙으로 인해 주어지는 것이 아니라고 생각합니다. '때'는 사건처럼 돌연한 예측 불허를 수반합니다. 아마도 그 사건과도 같은 예측할 수 없는 불안으로 인해 그것이 우리에게 슬픔으로 기억되는 게 아닌지 모르겠습니다.

소설 『벗은 몸』은 슬픔을 담은 '때'의 기록으로 봐도 무방할 듯합니다. 제목에서처럼 우리에게 낯설고 당황스러운 사건이 홀연히 다가왔을 때, 그리고 그 사건이 해석할 수 없는 불가해의 어느 지점을 표류할 것을 예견한다면, 슬픔의 정서는 일종의 피할 수 없는 모순으로 발전될 것입니다. 결국, 글을 쓴다는 것은 모순과 정면으로 응시하고 제법 오랜 시간 모순의 그늘에 머무르는 틈을 제공하는 게 아닌가 하는 생각이 머릿속을 떠나지 않습니다. 아마도 그 쉽게 떠나지 않는 모순과 관련한 낯선 생각이 소설 『벗은 몸』을 책으로 출간하게 만든 동력인 듯싶습니다.

모순은 우리에게 주어진 종교의 깊이가 더해 갈수록 그에 비례한 심연의 깊이도 함께 담보한다고 생각합니다. 종교는 극단의 희망과 무한의 긍정을 선사하는 열의로 작동하지만, 어느 순간 열의의 불꽃이 우습게 휘발되고 난 뒤, 폐허의 한 곳과 마주하게 하는 섬뜩한 모순의 긴장으로 나타나기도 합니다. 당연할 것 같았던 우리의 신념이 흔들리거나 어쩌면 마땅히 부여잡고 있던 도덕의 이면에 선한 얼굴을 하고 있던 우리 이웃들의 모습, 각자 자신의 모습에서 뿌리 깊은 편견과 금기에 관한 침묵의 강요, 집단 논리에 기대어 선악을 판단하고 정죄하던 일을 당연한 것으로 숭배하는 천연스러운 무표정이 보이는 것 같아 두렵기만 합니다. 이 무표정을 신의 탓으로 돌리고, 종교의 그늘에 기생하며 자신의 삶을 솔직하게 들여다보기보다는 집단과 통념, 전통의 기준에 편입시키는 일에 더 익숙하게 매달려 오지는 않았는지 돌이켜 봅니다. 모순은 피하고, 덮고, 외면하고만 싶은 온전한 정답의 율법으로 치환되어선 안 됩니다.

소설 『벗은 몸』은 모순, 그것도 종교적 정답의 모순에 관한 낯선 질문을 담고 있습니다. 생소하지만 피해서는 안 되는 질문, 근원적인 우리 사회의 편견과 정상성에 관한 질문, 그리고 그 사회적 통념과 모럴에 관한 첨예한 갈등을 일소하려는 종교의 획일적인 해법 제시에 관한 다소 도전적이고 솔직한 질문을 담았습니다. 부디 이 질문이 작품 자체가 태생적으로 품고 있는 설익음이나 극단적 설정의 불편함으로 인해 독자분들에게 시작부터 망설임을 주지 않기를 바라는 마음, 그 간절함을 수줍게 내어놓는 것으로 작가의 말을 갈음하고자 합니다.

박성열 대표님께 깊은 감사와 마음의 빚을 내내 가졌습니다. 모순을 외면하지 않고 삶으로 대면한 그와 그의 가족 여러분께 머리 숙여 감사합니다. 아울러 소설 담론과 종교 담론, 그 어딘가에서 방황하는 『벗은 몸』의 출간을 선뜻 허락해 주신 뜰힘의 최병인 대표님께도 깊은 감사의 말을 전합니다.

2023년 충무로에서
주원규

벗은 몸

1판 1쇄   인쇄 2023년 3월 2일
1판 1쇄   발행 2023년 3월 6일

지은이   주원규

발행처   도서출판 뜰힘
발행인   최병인
등록   2021년 9월 13일 제 2021-000037호
이메일   talkingworker@gmail.com
인스타그램 instagram.com/ddeulhim
페이스북   facebook.com/ddeulhim

ISBN 979-11-979243-1-6 03810

뜰힘은 아래를 향하는 힘에 반하여 위로 뜨려는 힘입니다.